Fragments

1926–1932

Kyojiro HAGIWARA

断片

1926-1932

萩原恭次郎

editorialrepublica
共和国

一、本書は、萩原恭次郎の第二詩集『断片』（溪文社、一九三一年十月）全篇にくわえ、その収録作とほぼ同時期（一九二六〜一九三二年）に発表された詩と散文から選んで編んだものである。

一、『断片』は溪文社版を底本とし、不明な点は『萩原恭次郎全集』第一巻（静地社、一九八〇年一月）を参看した。その他の作品は、詩と散文とを問わず時系列で配列し、『全集』第一巻、第三巻（一九八二年十月）を底本とした。ただし、『全集』未収録の「妻から来た手紙」、後に著者によって改稿された「もうろくづきん」の二篇は初出誌を底本としている。

一、巻末附録として、著者の初期の代表作「日比谷」（初出版と『死刑宣告』版の二種）および萩原朔太郎による『断片』の書評を収録した。また、本文中の図版として、「断片43」のヴァリアントを掲出した。

一、著者の慣用語（偽瞞、社界など）をできるだけ生かすよう努めたが、明白な誤植や脱字は訂し、〔ママ〕とした箇所もある。

一、一部の固有名詞などをのぞいて新字旧かな遣いを採用したが、初出誌を底本とした作品についてはそのかぎりではない。

一、単行本・雑誌のタイトルは『　』、論文・短篇小説・詩篇などのタイトルおよび会話・概念語は「　」で統一した。

断片

序詩

無言が胸の中を唸つてゐる
行為で語れないならばその胸が張り裂けても黙つてゐろ
腐つた勝利に鼻はまがる

断片

第一部

断片 1

乳は石のやうになつて出ない
一かけのパンも食べない子供等にかこまれて
目の前に迫つてゐる敵の顔をぢつと見つめてゐる母よ
あなたは涙は出切つた
あなたは別の人になつた
あなたは戦ふ人になつて行く。

×

あなたの夫と子息達は
長い間どつかで
死の狂ひの戦ひのため帰つて来ない
熱情と勇気と正義の長い戦ひが
彼等を帰さないのです
だが　彼等は必ずやりとげて
あなたの胸に帰つて来る

深く深く抱かれに帰つて来る
勝利か
死か
あなたは最も愛する者の手を胸を頭を抱いて
最も愛する者の手になれる幾多の報知を受取るでせう
母よ
あなたこそその勝利に涙を嚙み血を嚙む人だ。

×

私達はあなたの子供でなくて何んだ
私達はあなたの愛でなくて何んだ
私達はあなたの闘ひを継ぐものでなくて何んだ
我慢が出来なくて
夫や子息の火と血の中に
一緒になりに
幼い弟妹を背包つてゆく母よ
おお　世界は

この朝　深呼吸と黙礼をする
私達は整列する
私達は辛苦をこらえる歌を歌ふ
私達は押し進む歌を歌ふ
この無数の我等が
母よ　あなたの子供でなくて愛でなくて
闘ひを継ぐ者でなくて何んだ。

断片　2

旗は風になびけ
今までにない力強い無言の中に
旗は風になびけ
今までにない無言の中に旗は立てられて進め！

断片　3

子を包ひ街上にビラを持つて立ちし妻よ
富者の歌はいんさんに虐殺の黒い凱歌を上げてゐる
熱愛のひそんだ銃弾の響きを我等聞かふ
妻よ
赤いひなげしの花にわが眼はいたましい恋愛を君に感ずる朝だ。

断片　4

明るい空も激越の目には暗い　鉄の固りのやうに燃えてゐる
我等の手に帰つて来た友は　それは死体であつた
血肉の友よ　ふかく眠れ！
わが意志よ　ぎりぎりと目醒め来れ
一切の文句はすでに絶たれてゐるのである。
(村木源次郎に)

断片　5

空に心臓の肉片がある
もうすつかり黒く星のやうにこびりついてゐる
誰も一人　空高きギロチーヌに黙々と死を迎へて行つた彼を忘れてゐる
（古き同志に）

断片　6

精悍にして豪勇の眼を開いて
武装して　俺をまつて　闇の中に立つてゐる同志よ
行け！　たぢろぐな！

断片 7

厳冬の地は壮烈な意志に凍りついてゆく
俺は酷烈な寒気に裸の胸をさらしてゐる
来い！　来い！
鋼鉄の冬よ　何物も清く氷結させる勇者よ
俺は只一すぢの矢となる。

断片 8

大空には鉄のブランコが戦きを止めて輝いてゐる
秋は強い狭搾器に絞め上げられてゐる
我等は歌を歌はず単独に散つて
我等の行く道を見つめる

秋だ　銅牌のやうな木の葉は散る
散れ
道なかばに倒れて行つた仲間の顔が
木の葉になつて散つて来る

胸は打つ
打て
誰がこの感情《こゝろ》を我等以外に知らう
自分は　又我等の往く道は
更に新に行はれなければならぬ
肉体よ　わが認識よ　わが仕事よ
引きしぼれ！

断片　9

大きな力強い逞しい腕

広い胸の血はだくだく初夏の空に鳴る
柔い麦の穂が胸の底になびいてゐる
俺達の頬は赤く
俺達はどなる
頬と頬とつき合せて笑ひ合ふ
長い間で知つた胸と胸
オオ　明日はまた握手だけで別れ合ふ
だが俺は知る
彼の上に俺の上に何物も何物も共通して存在する真理
俺は深く信じて戦ふ
行け　貴様　俺の半分の肉と血！

断片 10

最後まで残すところなく勝つた歓びよ
胸をかきむしる歓びのどつと上がる歓び

怖ろしいオーガンのやうな男の叫び
ゼンマイのやうに目ざましい女の叫び
どよめく歌と歌
つき上る盛り上る人間の咽喉喇叭
腕を握る　踊る　ころげる
歓喜の球となつてころげる
感極まつて泣く朗らかに喜びの燃える朝日のやうに爆発する放射する解放の光りの中に
我等は過去の一切の身を洗つてさらさう
我々はその日を忘れまい
我々はその日の来るのを決して忘れまい。

断片　11

無言は重砲の如くうなれ
足はただ早く何十里も走るため
腕は敵をうち挫くため

瞳は沸き立つ胸の探海燈のやうに

腕よ　太く太く鉄の腕となれ
何十人もの胸を抱き傷をなほし戦ひ進むため
神の如く敏捷なれ
足よ　強く強く鉄の足となれ
幾昼夜も飢ゑと疲労とに弱る〔ママ〕なく敵前に立ちつくすため
瞳よ　退くことのない精悍な意力が注ぎこまれてあれ
敵の襲撃と衛策を曝き砕くため

強くあれ　強くあれ
何物へも何物へも怖れる所なく強くあれ！

断片

第二部

断片 12

昨日の友も次第〳〵に別れて今日は敵となる
我々は益々少数者となり益々多数者の意志する所に近づかうとする
吠えてゐるものにも　騒ぐ者にも　高い所にゐる者にも
静かなる無言の訣別をする

我々は嘲笑も叱咤も讃辞も知らざる仲間と共に我々の世界を明日に進ませる
今日　我々は必要しない言葉を聞く者も無ければ訊ねる者も無い。

断片 13

今日我々は絶滅の状態にある
我々は絶滅の状態の道を往く
我々は最後の道を歩つて往く
戦ひは擘烈に凶猛に明日につゞき明後日につゞき只自由の日につゞいてゐる

絶滅された火こそダイナモに這ひ寄る火だ。

断片 14

「懼れることなく廃墟を××せしめよ」
わが熱愛の生活を今日誰に語るべくもない
道は縦横無盡の道に入る。

断片 15

凡て勇気ある言葉も阿諛の言葉も
言葉は生活の罐底より何時か居所がなく自然と消えて行つた
展望は無限だ
視野は広濶としてつらなる
今日の我々は自由に只自在の活動を持つ。

断片 16

百の言葉をつらねて一つの事より逃げた者よ
一つの言葉だけを発して黙つてゐる者よ
言葉を発せず肉体と意志を馳つて
無言の土に抱かれ帰つて睡りし者よ
真に鎖づけられた生活の中より立つて生活し行きし者よ
無言にして血みどろの者
汝こそ　我等に輝く。

断片 17

一瞬間　僅かなる水口はお前達の栓によつて止る
だがそれは方向が変るだけである

水源地の性質は停止する事が出来ない
地中の毛細管にまで重圧をくらつたとて
満ちて来る水は何人にも止どめる事は出事ない
内部から自然の一刻一刻の崩壊
俺達は水源地に立つて逆に地中へ一刻一刻潜つて行く。

断片 18

立ち上つて波は白い泡となつて浮ぶ
我々の友は生命を亡くし又生活から一切の希望を奪ひ去られた者もある
だが砕けてゐた波も何時か無限の里程を成す
我等の友は戦ひの火蓋を切つて
何等悔ひる所なく微笑みをもつて消えて行つた
世界はその屍の上にのみ新しく建てられる
世界はそこにのみ底哣えをしてゐる。

断片 19

欲望が彼の胸へ種子を下した
彼は虚偽者を絶滅せしむることを欲望した
欲望は自由勝手に飢ゑ自由勝手に渇する
欲望は身軽るで欲したいものを欲す
どんなものにも理由なく欲しない限り止らない。

断片 20

海のやうな量の中に小さい鼓動が刻まれてゐるのだ
知らぬ間にあたたまりゆく海水があつたのだ
その水が沸騰するやうに熱して来たのだ
何時の間にか手も指し込めなくなつてゐるのだ。

断片 21

深淵が自分を領してから格闘に立つ自分を発見した
自分の全身が自分に余す所なく帰つて来て深淵の自分が出来たやうに思へる

断片 22

操られる文字や宣伝の文字がどれだけあらうと
今日《こんにち》それらの稚態をそれに返す
それらはそれであそべ
われらデマゴギーの首をねぢり切り
われ等自身立つ以外何等の道なきを知る
一切の反動である言葉と行動をあやつるデマゴギーを握りつぶす
われら今日当然それらの残屑を火にくべる

断片

23

おひやらかしはむしろスパイ以上不愉快である
われらは何度おひやらかしを黙つて聞いてゐたか
ふふんと腹の底で笑つてゐたか
煮え湯に煮えた鉛をわれら思はないではなかつた
だが百のおひやらかしは百のおひやらかしだ
百のオダテは百のオダテだ
われら最後まで偽善者《ウソツキ》　附焼刃　文無しと云はれやう
われら彼等から悪罵されるのは一つの誇りだ
われら彼等から憎悪されるのも一つの誇りだ
むしろ百の上に百を重ねさせろ

それが何んであらう共それらは屑の吹き溜のつぶやきであり
われらの行く道をかこむ中間者《インテリ》の空鉄砲《からづつ》にすぎないのだ
敵は何處に　敵はただ真正面に闇の如く立ち実弾の引き金に手をかけてゐる

われらの生活は何處に　われらはその敵の前に真向つてゐる
われわれは只この距離を渡り切らう。

断片 24

彼等は俺達を憂鬱であると云つた
俺達が何時憂鬱であるか
彼等は明るい群に入りたがつた
ヂヤヅで心をしびれさしたいのであつた
俺達は火薬よりも明るく弾丸よりも明確でありたいのだ。

断片 25

最後まで打ちこぼたれない巨大なる実体があることを俺は知つてゐた
俺は今　それは外にあるものでなく我と我等の間にある事を確信する

脅やかされやうが引きづり廻はされやうが
打ち砕かれやうが灰のやうに降りまかれやうが
消えも無くなりもしないものがあることを確信する。

断片 26

俺達は強権者にとつて反対者でありまた全くの無価値者である事をよろこびとする
彼等の価値も秩序も認めないから我々は無価値者なのだ
彼等の行く手に場所をふさげるだけで一分の代償にも役立たないからだ
彼等の最後の切札がどんな擱みやうをしやうと
闇からでも地中からでも伸びる芽は伸びて行く
練瓦でもコンクリートでも石でも鉄でも越えて伸び出る
我々はそこへ特権や利害で立つたのではないからだ
生きる者は生きる
それは理窟のない原理なのだ。

断片 27

一切の感傷と見栄を意志と情熱のブレーキの歯に食ひつぶさせ
ときめく　どよめく肉を食ひしめる明日に対する歓喜に
わく〳〵たぎる胸をボイラアのやうにして行かう
最後までぎりぎりと押し進めて行つたものが
自己も信じ世界も信じ明日の世界に甦生出来るのだ
さもない限り一切の情熱も意志も悔ひに全身が濃腫になつて
蜂の巣のやうにニヒルの穴が開くだらう。

断片 28

自分の心臓を自分で土足にするより
自分の心臓を敵の怒れる群れの中に渡してやれ
ウソに飾りをつけて眺めてゐるな。

断片 29

自已を合理化すな
うまい案配にこね上げるな
そこで安つぽい顔をしてゐるな
如何に寄せ集め　こね合せ　つぎ合せ　コンクリートし　釘をぶち込んでも
生き　活動し　闘ふ人間には　一切がはぢき飛ばされる
区切りなんかつけて怯懦なサギに萎縮するな
破壊されべきものは破壊されるのだ
生活を大跨に敵に踏み込ませる今日
大きなサギも小さなサギも一度に火の中へ掃き込まれなければならないのだ。

断片 30

言葉なき行動を無言に決行して自足する思想よ
ある者は去り　ある者は消し飛んで反動の旗を守る時
我等は残りし者と自由なる鉄の根を組み
一切に理想を持ち最後の只一つのものに集る。

断片 31

かきさばけ　突き差せ　鉄の串よ
よし　幾度血は染められ鉄は火を吐けど
明日の準備に種子は急がし
世界の果てまで
我等は見る
我等は知る
我等は手を差し伸す

断片 32

大道のやうにかたまつた背
鉄板のやうに凹まなくなつた胸
銃剣のやうに鋭い意志
銃口をそろへてゐるやうな眼
それはみぢんも君達を許さない思想である
また自らを許さない思想である。

断片 33

俺達の生活は勝利の生活だ
俺達の生活は勝利の生活は
投げ打ちしわが全身の前にベルを鳴らしつゞけて止まない

押へた耳の中まで響き　閉ぢたる目の中まで突き入る
如何にまた厚き壁をも越えて——

断片　34

血は無駄を嫌ひ　病的を嫌ひ　誇張を嫌ひ
あんなにも愉悦を知り　あんなにも寂寥へ落ち込み　あんなにも無言で　あんなにも活動
　して休まず
あんなにも自己を忠実に守つて進む
そこが壊される　走り進んで行く
そこへ固り着く　防衛のコンクリートとなる
前衛隊も後衛隊も看護隊もない
凡てを自分達一切で引き受けねばならなぬ血よ
次ぎから次ぎへ　傍目《わきめ》もふらず　自暴自棄にならず
勇気に充ちて土台となり合つて死滅して行く血よ
お前は消へ　お前は微笑む血よ。

断片

第三部

断片　35

君は君の道を往くだらう
久しく君に逢はないが
僕は少しも寂しくはない
今日僕は友に何等の疑惑を持たない
また華々しい期待も持たない
我々は遊びでないものを各自心に持つたからだ
今日我々はデマゴギーと真なる友を見合け得る事が出来るからだ。

断片　36

君は昨日より今日　何所へ行つても相手が無くなり
相手にされなくなつたと云ふ
だが相手にされなくなつたそれをわれ等臆せず先づ知る
だが相手！

敵にも味方にもそれが無いか
われ〳〵は今日敵にも味方にも相手は無数だ
相手が地球をうづめてゐると云つても好い
それは今日の我々が何んであるかだ
今の我々こそ君も知つてる
弾丸は弾道から狂はず一直線に闇を縫つて
音もなく当るべき場所にすみやかにとゞいて爆ねると云ふことを知つてゐる
弾丸は始めて自らその時存在を示す
それまで弾丸は只鉛としてあるに過ぎない。

断片 37

朗らかで行かふ
元気で行かふと　君は云つて呉れる
我々は最後の頂点まで登りつめる野放図もないテンタンたる朗らかな元気を持つてゐる
これより我等が朗らかで元気であり得やうか

それでゐて君も僕も血をすゝりたい程だ
それなるが故に騒がないでゐるのだ。

断片 38

俺達は明日が来るんだからなあなぞ口癖に
仲間の肩を叩いて鼻水をたらしてるけつめどの小さな野心家共を鼻の先きで笑ふ
俺達は明日が如何だとごたくを並べる必要を持たない
今日を正しく歩む者だけがプロレタリアだと信ずる
そこらで明日の風を吹かしてる腰抜けは
民主々義の泥棒か　敵の廻し者の人情のふりまき屋だ
くつつき合ひで明日がくでプロレタリアをかすつてゐる毛蝨だ
明日は今日を正しく歩む者だけに輝く花嫁だ
如何なる偉大なる改良主義者も埋没させて
如柯なる偉大なる保守主義者も埋没させて
如何なる偉大なる便宜主義者も埋没させて。

断片 39

彼は黙りこくつて我等の間にゐる
百万言をもつてしても充し得ない心が黙らせてゐるのだ
彼が我等に与へる世にも優しいまばたきは
何時も痴気を黙らせてくれる
言葉には言葉をもつて
そんなヒマのかゝる虫の好さは所詮あそんでゐる間のヒマ潰しの掛け合ひに過ぎない
ぢや　彼は語らないか?
語る!
必要なだけ語る　爆烈弾よりも整然と対象を破片《かけら》にする事の出来る真実で
明日へタンクのやうな力で引きづる意志と歩み込んでゐる肉体もて語る!

断片 40

我等は打たれて痛いから　飢ゑに両手でやられてゐるから
それで手足が出せないのか
それで泣かうか　それで暴れ廻はらうか
それで我等の胸がおさまらうか
そんなものは幾度踏んで踏んで踏み来たつたか
見てゐろ！
俺達の生活に貴様達によつて打ち込まれてゐた鋲やカンヌキやねぢが飛び
地下に埋れてゐた木材は腰を折り
セメンは剝げ
鉄筋はねぢ曲り
押へつけてゐた巨大な組織の骨が一つ〳〵バラバラに
俺達は土台骨の下からひつぺがしてゆくのだ
今日　鉄材の上に石の上に木材の上に煙草の輪をふかし乍ら
明日は如何したらつくり上げられるかに対する俺達の仕事の緻密は
他の何人にも理解出来ない努力とよろこびとをもつて成されてゐるのだ。

断片 41

お前はどんな美しいペンによつて語られても
その黙つてる顔に睨み返すだらう
そこらで好い気な「話」の中に描かれることを拒絶する
口から口に賞賛されることに嘔吐を胸にする
お前の真実の仲間が何時誰にそんなことをされたか
叩きのめされ引つくくられ　一つでも美しい名前を頂戴したか
再び自分の「サギ」やうまいやり口をこね廻し
手の裏にかくしてゐる者共の口車に
どんな思ひを胸にきざまされてゐたか
お前が奴等の口車の前に黙つて黙り通してゐることは
身をもつてそれらの敵であることを宣告してゐるからだ。

断片 42

どんなかたり屋もすまし屋の胸も筒抜けさせる眼
どんな姿をしてゐてもお前が好く生きてゐることは
我々をふるひ立たせる
お前のまた俺の
どんな少しの嘘もお互ひに怒らしめ憎ましめたものは
何んであつたか？
叩き潰せるものを叩き潰し切つて進む愛は
何を見つめてゐたからか？
俺はお前を信ずる
そして自分を信ずる
よし　俺達の道がどんなであらうとも
百も万もの偽瞞の前に我々が脱線するなら
それは俺達が自殺したより　更に取り返しがつかない。

断片 43

搾り粕のパンとか正義とか党とか小僧共の泣き言を聞き飽きてゐる胃袋は
すでに一刻でも余計に現実を噛んで消化《こな》してゐる
口を抑へられてゐる者はすでに盛り返してゐるのだ
逆に驀進して来ると云ふ方則は最後に立つてゐる人間の決意だ
活字を羅列させるだけの頭の中には美学も無ければならないし
万能薬も貼られなければならない
熊の如き人間の眼とニタニタ笑ふ目とは異ふ
よし　応援のビラを書いても「ウソツキ」の心臓は依然ウソツキである
ペンと丸太とピストルでは元々比較にならない。

断片 44

これはスパイに言ふのぢやない
革命と云ふものを誇大盲想するスパイ先生に

貴様の長髪にも今日未練なく別れやう
周囲の喧騒にまぎれて小賢しくも騒ぎ
曲りくねつて吹けば飛ぶやうな理論のさても実行不可能かな
皮肉に誰が言ふのでもない　野次馬《ファン》は語り疲れたらお休みなさい
次第にこれから喋つても喋つても　まくし立てる事とは
別の世界が来る
我々が求める真実は　只そこにあるだけなのだ。

断片　45

党の委員とか何んとかフケのたまつた連中が
とも角堂々たる紙屑籠をひけらかしてる
塵埃《ちり》が
糊と鋏そろばんの大選手振りを発揮してゐるのだ
かうゆうバケモノが未だに新しい世界への代表面《ヅラ》をしてゐるのも
実はこのしろもの達の「プロレタリ」が金に代ると云ふ御時世なのだ

連中を呼んでゐるものは何んだ
金持の芝居小屋だ
連中の踊る場所がそこだけ残されゐるのだ
連中はそれを量りにかけてこつぴどい芸当をやつてゐる
「生活《たつき》はつらいね」とか何んとか安来節の一寸坊師のやうに頬冠りして踊つてゐる
まつたく奴等は奴等だし
俺達は俺達なんだ。

断片 46

すべくした顔にきちんとし
唇のまはりについてゐるでたらめを舐め廻し
貴様が弱々しい肩肱を怒らさねばならぬのを見た時
俺は一時にぼうぼうたる髯を顔中生やしたく思つた
奴等のやさしい青色の血が止つてしまふやうな
黙つて呆れて咽喉笛が動かなくなつてしまふやうな事は朝飯前なんだ

その時が来る
それまで黙る俺達なんだ
あいつ等のちつぽけな名誉とか人格が何故大切だかも知らん顔してゐてやるのだ
自分だけが清く思へ満足して「アンシン」してゐられる奴等に関はりはないのだ
生きのびる奴は生きのびるのだ
くたばる奴はくたばるのだ。

断片 47

物事は単刀直入にズバリとやらう
世話はないし芝居を見る必要もない
廻りくどくやるからひまもかゝり
たまにはウソの糞もひつかけられるし急がしい時に腰も掛けて休ませられなくてはならぬのだ。

第四部

断片

断片 48

コロンブスの船よりも勇敢にトンネルの奥を動いてゐる友よ
凹んだり高まつたりする鋼鉄の重い腹を自ら制して呼吸してゐる友よ
走つても走つても無限に押し寄せる闇が光りを消すところで
時間も距離も摑み所のない徒労を押し抜いて

がうがうと走つては仕事をし
がうがうと走つては仕事をし
がうがうと走つては仕事をし
燃料も食料も空気も仲間も欠亡を堪えて仕事をしてゐる友よ
天地が割れるやうな吼え声を上げて鳴る汽笛
天地が割れるやうな吼え声を上げて鳴る汽笛

それが我々の希望だ！

断片 49

その部屋には机が一つあつた
イースト　ロンドンの貧民窟の屋根裏である
昼はロンドンの街々を歩き廻つてレモン水を売つて生活してゐるマラテスタのため机が一
　脚あるのだ
ロンドンの煙突と煤煙と汽笛が部屋の中をつまらせてゐる
窓の側をあぶれの労働者がつぶれた鳥打を冠つて通つてゐる
マラテスタは夕食のパンを焼かずに食べてゐる
イタリーの革命新聞のため毎夜白熱的論文を書いてゐるのである
フランスの監獄から逃亡して来た身をこれからイタリーへ変装して潜入しやうとしてゐる
　のだ
マラテスタはいつ見ても同じ元気の顔をして
繰り返しの投獄
ギロチンに引き廻はされる宣告
××
それのどれが真先きに自分をとらえるか

そのどれへもこれへも腹を据えて
明日　その渦中に身を没するマラテスタが屋根裏にペンを握つてゐるのである

断片 50

お前は何んでも約束をしたがる
大安売りの約束をする
大衆の真実を大安売りの約束に結びつける
お前は四方八方に空手形をふり廻す
お前は血も肉もそこへ行つてゐない約束の山を築いて
辛じて大衆の真実の眼に音楽を貼らうとする
俺達はくつつき合ひや馴れ合ひを蹴放す
俺達はうろつく大小無数の小汚いものを鼻の先きで笑ひ飛ばす
そいつ等の約束を認めないで人類の巨大な流れは
一切の小細工を押し流して巨大なるかつて無き姿を現はさうとしてゐるのだ
片隅でこそ〳〵やるな。

断片

51

演壇には光つた槍の旗が赤く立つて景気が好い
演壇の上では盛んにデマが踊る
雲集してる群集は黙つてゐる
俺達は頭の上を通つて行く愚劣な拍手と歓声を聞いた
だが群集の帰途には
彼等の姿も言葉も状景も何物にも接しなかつたやうな暗さがある
芝居をした者と芝居を見せられた者は
左右に分れた時またゝめい〳〵見知らぬ他人となる
自分の生活に各々帰つて行く足は
剣難な生活をも踏み越え踏み耐えてゐる足だ
演壇の野心家芝居の毛ずねとは異ふ。

断片　52

その男には生きてゐた間中冷酷であつたやうに一通のくやみ文を送らなくて好いのである
その男は殺されなかつたのがもうけものなのであつた
彼は我等を踏み荒した足の下に僅か許りのみぢめさを当然残したに過ぎない
死に一滴の涙を見せることは常に我々の生活を虚偽にゆるめる
一切の死を乗り越へ一切の死に別れてゐる我々である
裏切者の偽善者に今日逢はせる顔を持つてゐない
裏切者の心臓と自分達の心臓とを抱き合はせる芝居を我々は底から叩き潰すのである。

断片　53

俺は何時か須田町の兎料理の裏で兎が殺されるのを見た
職人が首をつるし上げると兎は四本の足をちぢめ身体をすくませた
職人は咽喉笛を鋭利な庖丁で一刀の下に突き差すとバケツの中にさつと投げ込んだ
血がバケツにザアと雨の降るやうに聞えた。

断片 54

鎌を持つてゐた手でも槌を持つてゐた手でも
ハンドルを持つてゐた手でもペンを持つてゐた手でも
道路を掘じくつてゐた手でも車を押してゐた手でも
そんな事が何んであらう
鉛くさい土くさいドブくさい肥くさい
そんな着物から沁み込んだ皮膚から出る匂ひが何んだらう
俺達は海辺で寄り山林で寄り田甫の蔭で寄り長屋の隅で寄り
俺達の自由の手を結び　自由の社会への心臓を寄せ合ふ
俺達は俺達の行く道を語り合ふ
俺達の呟き《ささや》は愛だ
俺達の握手は誓ひだ
俺達の集りは歓喜の絶頂だ。

断片 55

俺達は俺自身の鉄敷をうちすゑる
俺達は俺自身をその上へ横たへる
俺達は俺自身の鉄の大鎚でうち叩く
俺達は俺自身の腕を　俺自身の頭を　俺自身の胸を
俺達は俺自身をうち叩きうちのめしうちつぶす
俺達はこの小さな工場をもつてゐる
俺達はそこで俺目身の実弾をつくらうとしてゐる
俺達は現在を現実を鋭く焼くために自らを鑄る。

断片 56

お母さんは泣いてゐる
声はどこにも立てないが泣いてゐる

子供を絶望の煙りで焼き殺してはならない
子守歌を唄はなければならない
押しつめられたものゝ子守歌
お母さんは胸の底で子守歌を唄はふと決心してゐる
お母さんは泣いてはならぬ日を思ひつゝ泣いてゐる
それが子守歌であらうか？
否　我は今泣きながら唄ふばかりではならない
解放の理想に輝く歌をお母さんの胸底からの血をもたげるその歌を
俺達は歌つてもらひたい。

断片 57

俺はその夜外の雨の音を聞いてゐた
どこかに火が赤くタキタキと焼けてゐるやうに思へる
妻も子供もその語らひを休めて睡つてゐる
俺は何等争闘の陰影を認めず

彼等の側にぢつとしてゐる
俺はその頬に唇をつけやうとした
我々の生活は昨日より今日
何物も悪くなつた
俺はそれを睨み返してゐる
だが　それと共に巨大なる敵がいたる所で崩壊を初める前すべりを我々は握知する事が出来る

断片

58

子供よ
俺達は黙つてお前のふくらんだ目のあかいぶよぶよの顔を見乍ら暖めてゐる
厳寒の底におれ達は春のやうに燃えてゐる
膝の上にお前達を両手で抱き擁えてゐる
眠らない俺達は何を見つめてゐるのであるか
俺達は飢ゑにも弾圧にも生命がけな今日を通してゐるのだ

勿論　おれ達は名も無い
よし死んでも殺されても棺の上に剣も帽子も勲章も乗らない
また旗で巻かれる事も新聞に書かれる事もあるまい
毛のついた帽子　腰にサーベルを光らせた者共より懺悔と悪名とを受けるだらう
だが黙々たる俺達の無名はそれを笑ひとばすだらう
子供よ
今日　我々はお前を抱いたまゝ何よりも強い慈母となり不退転の勇士になつてゐる
今日の道は必す明日へつづく。

断片　59

僕は君が生れた時隣りの部屋で
夢中になつて君の母の苦しみを聞きながら原稿を書いてゐた
だつて僕はその時金が一文もなかつたからさ
僕は原稿を書き終えたら君は生れた
僕は原稿をポストへ入れに出ながら

わななく心を押へながら上野にゐる友達に金を借りに行つた
僕はアーク燈のぼんやりした公園の森の中を
声高々と歌を歌つて歩いて行つた
自然に僕は歌つてゐたのだ
僕は自分に気がついてからも歌つた
僕は愉快でならなかつた
友は金と一緒におむつとタオルを渡してくれた
みな玄関に出て僕を見つめてゐた
僕は皆の顔を見て笑つた
僕はその金でどつさり思ひ切つて果物を買つて
君の母の所へ帰つて来た
だが　君は生れて
父の生れた土地へも行かない
母の生れた土地へも行かない
両方とも僕達をきらつてゐるのさ
僕はどつちへも通知しない
然しそんな事が何んだ

君はここの所から出発すればいゝんだ
何物も怖れるな
勇敢なるかつ誠実なる戦ひの旗を
僕は死ぬまで君のために振るよ。

断片に対するメモ

断片は一九二二―一九三〇の間に散逸的に書かれてゐるもので第一部は七八年前のものである。

断片及び断片的なもののみが集められた事は編輯的立場からであつて他に理由はない。

断片は今日より明日へと自分を築かうとして自分の身体にうち込んでゐた一本一本の釘であるとも云へる。これは日記以上に自分のヂカなものゝ断片《カケラ》かも知れない。また反面から云へば自分の生活を箒で掃き出した、その紙屑がこれだと云つても好い。どつちでもおんなじ言葉だ。

誰でも壁新聞のやうにポツリ〳〵勝手な所から読んでは休んでくれゝばうれしい。そして自分達は少しでも深く手を握れたらと思ふ。

一つの正しい言葉が書かれるためにはこれの十倍の生活がなくてはと僕は思つてゐる。

断片は今後共自分の生活に密接にそのコースをつゞけてゆくだらう。更に明確に果断に生活の行進につれて。

一九三一年九月

萩原恭次郎

斷片

萩原恭次郎

搾り粕のパンとか正義とか自由とか小僧共の泣き言を
　聞き飽きてゐる胃袋は
すでに一刻でも余計に現實を嚙つて消化してゐる
口を抑へられてゐるものはすでに盛り返してゐるのだ
逆に莫進して來るといふ方則は最後に立つてゐる人間
　の握つてゐる微笑みだ
活字を羅列させるだけの頭の中には美學もなければな
　らない
萬能膏も貼られなければならない
熊の如き人間の眼とニタ〳〵笑ふ目とは異ふよし
應援のビラを書いても噓付きの心臟は依然噓付きであ
　る
ペンと丸太とピストルでは元々比較にならない。

「断片 43」のヴァリアント。
旬刊新聞『タンク』創刊号（1930 年 10 月 18 日付）2 面に掲載。
他の寄稿者は、山川均、尾瀬敬止、矢田津世子ら。

自己への断片　詩文集

TOBACCOの袋に書いて山本勘助に送る詩

■■■四分五裂されても生き
■■■生きてこそギロチンにまで彼は立つた！
●●●屑屋の車は昨日屋根裏の散歩を
●●●古本屋にガタガタと運んで行つた！
今朝屋根裏に掃除が初まる！
南京虫に噛られたキリストを静かな気流の空へ磔刑にする！
風は無い！　寒い！
朝は屋根の上で光る！
空！　空！
ワナワナと胸にふるへる思意は苦難の中に煙りもなく燃える！
「君のツルハシを今朝こそ掃除をして借りにゆかう！」

［『近代詩歌』一九二六年五月号］

赤と黒

――メーデーに寄す――

叩き毀されたガラス窓には
馘首された男の首がぶらさがる
混凝土《コンクリート》の亀裂には
栄養不良の妻や子供が乾《ひから》びてゐる

並立したビルデイングは
ビツシヨリ青い月光にぬれて
ガソリンのぬけた自動車が
入口の前に破壊されてゐる

風が
直立した街路樹をゆすつて
街角の銅像を吹きさらつてゆく

女乞食と野良犬が風によろめき乍ら
銅像の後方へ消えてゆく

血まみれな男が
銃丸に頭部を射貫かれて
冷い道路の木煉瓦にうち伏してゐる
女乞食は男の上に寄りかかつて
ポケツトをさぐつてゐる

…………三十間幅の大都会の道路に何万人の足音は消えてゐる
――ザフツ
――ザフツ
この荒寥たる広場へ
プロレタリアの行進は
地球の中心から
黎明の地平線から聞えて来る！
＝街角の大時計は一度にガツガツ時を刻み初める！

突如！
一人の黒衣の男は
広場を向うへ突切らうと走り出した時
閉ざされたビルデイングの窓から
ピストルの発射に両肺を射通されて倒れた！

——ザアフツ！　ザツ！
——ザアフツ！　ザツ！
真赤な黎明期の幕は地平から切りはなされる何億の人類の短急な歓声と確固たる歩調と
黒旗と赤旗と槍と唄声と
——ザアフザツ！　ザフザ！
——ザアフザツ！　ザフザ！
死の如く胸につまつた静寂を破つて
都会の心臓にプロレタリアの行進は近づいて来る！

〔『文藝市場』一九二六年五月号〕

肺臓に刷られたるビラ三枚

その1

空に信仰のかはりにブランコがある！
——どろ　どろ　といふ陰惨な数万の足音は聞える！

蒼ざめた囚人は歩いてゐるのだ！
今日も歩く！
無期だ！

無惨に虐げられたる肉体は地を割つて萠え出る●●の肥料にもならない！

せめて我等は真青な血潮で地を這ふとも
新芽をこそ彼女の首に接ぎたい！

小さなる掌を彼女の胸にひらいて
見ろ！　子供は無心だ！

その2

好晴な日曜日の空からサラサラ天気雨が降る！
自分達の秘密の実験室の扉が開いてゐるんだ！
——ア奴がガンバつてゐる卓子の上に今日は植木鉢が日にあたつてゐる！
煤煙をひつかぶつてゐる心も今朝は林檎の香のやうに泡沫となる！
植木の枝に女と男のナイフのやうな記憶がある！
——今朝こそあなたの胸に私の手を入れさせて下さい！
——あなたのふくらんだ胸に蕾を押しあてておやり！

その3

聖母マリアは乱暴者の夫のため病褥にゐる！

——女よ！　お前はマリアであつてはいけない！
俺はもう両手と両足でマリアの蒼白くふくれた足を抱くのが嫌なのだ！
われらのベツトはスリツパの如くよごれた！

俺はすでに両胸に活躍する心臓に命令し
巨大な塔のやうな心で働きたいんだ！
ダフダフ胸に海をたたへた人々と
生産の歓喜に生活を行動したいんだ！

〔『詩歌時代』一九二六年六月号〕

君にも君にも君にも
君にも君にも君にも

黄色い病菌のついた腸を展覧させ泣かせる悲しいピエロ！
動物園の動物より君の仕草はまづい事にきまつたよ！
この真昼間の無限に動的な街道へやつて来て出来るものならやつてみたまへ！

人間は言ふだらう！
＝後骨なる道化者！
＝媚笑する醜奴！
そして君を見舞ふのはペーブメントの残屑と土埃だけだらうぜ！
もう屋根裏の哲学でもないさ！
むつちり肥つた女流詩人のせつぷんの匂ひでもないさ！

青空の下に風雨はどれもどれもキレイに吹き拡がつてゐるよ！
生活は真正面からよけるひまもなくやつて来る！
汗・汗・汗・・・身体はもう労働の汗と鉄さ！

〔『戦車』一九二六年七月号〕

●

●思索をウラづける熱情のない日は淋しい

●芸術とは僕等の手廻りにある、ペンや原稿用紙や火鉢のたぐひであらうか？

●ルネツサンス！　ルネツサンスの熱情！

●現実の熱情は決して我々の環境をヰビチンタイをさせない

●壮厳の美！　反逆の美！　を他の何物よりも高く高く意志づけろ！

●プロレタリヤ文学の是非はすでに論ずるに時代おくれだ

●アナアキズム、コンミニズム、サンヂカリズムその他のソウシヤリズムの思潮は各自、
　厳然たる力点がある

●君はいつたいそのいづれをもつともよく我々のうちに取り入れるかの問題だ

●卑俗なる平俗の性格を粉砕しろ！

●金銭にも、生活の苦境にも怖れるなかれ！

〔『銅鑼』一九二六年十一月号〕

多数者と我等！

朝の公園の門扉はしめつぽい！
昨夜の唇づけに
青葉は蒼ざめた夢を縫ひつけてゐる！
彼女の皓い歯が
僕の腕に残つた！

今朝　心は　彼女に別れて
ドンヨリした空の下に甦つて来る！
生命は街道を行くと共に
静かに争闘の血が呼吸を初めて来る！

あくなき私欲にむしばまれたる
商旗にもひとしい無数の旗は

空高く
虚惰と共にひるがへつてゐる！

盲目の多数者は歓声をあげて
今日も一本の旗を中心に
広場でセメン樽のやうな男の煽動に拍手を送つてゐる！
アナクロニズム！
公然と黄色い歯を露《む》いて広場は沸騰し
男は楽隊と共に葉巻を口にくはへて
次へ！

会場から！　教会から！　劇場から！　仮会場から！
無能ないぎたなき罵倒と叫びは
どこの窓からも同音に
かまびすしく洩れる——
信仰も神聖も恋愛もない多数者！
また彼等の権力者！

秋は彼等の上に頽廃と亀裂を見せてゐる！

ガラガラと掲げられる旗の下を僕は黙つて歩つて行く——
新しい血よ！　新しい血よ！
青春は油だらけな肉体を残して消えても
我等は信ずる！　我等は持つ！
ローラーのハンドルは明るい我等の手に握られてゐるぞ！
衝撃の明日の光景は文句なし我を火に引きずりこむ！

信仰も真実も行為によつて満足に表現されよ！
彼女は涙ぐんで強く私の胸に抱かれよ！
目的！　無数の群集の歓声は胸の深くに聞えて来る！

〔『詩文学』一九二六年十二月号〕

昨日の部屋の入口に立つて戸を閉めろ！

彼は潜行する――
今　目の前の山に向つて
彼は噴火を望んでゐる
そして――
懼れるものなく膨大な廃墟を
掃滅する者は
彼でなくて誰だ！
旗もビラも汽笛も　世界に俺達に
信号も合図もなく
実弾のこめられた心臓
彼は行く

カーキ色の軍帽と目に輝き冴えた

無数の銃身の列——
彼はそれを見ながら
勇敢無比——恐怖と退却を知らない
機械的奴隷の群団
それを見ながら
自動車で閲兵する実業家
傲慢に肥満した女
それを見ながら
彼の敵
　俺達の敵——
それを見ながら
復讐の意志は強くはらんで——
死の深淵！
それが何んだ
ふみ越え　耐へ　進む
栄光にかがやき走りゆくトロイカ——

彼は進む！
急進に　今――
たつた今！
見ろ！
俺を見ろ！　君を見ろ！
破れた毛布を冠つて怒りを噛んでゐるものは誰だ？
飢餓に夜通し目を開けてゐると云ふのは誰だ！
彼の行く後姿――
再びそれは僕等には帰つて来ない――
そして見えない
が　彼の次は？
次の番は？

牢獄！
人殺し！
絞首台！
それは何を語る！

俺達の真摯と虔謙と戦闘は汚辱されつくしてゐるのかと
屋根裏にブラ下がつたブツブツ云ふ瓦斯のたまつた袋を叩つ切り落せ！
人間の勝利！
意志をもつた自個の勝利！

起て！
暗黒の夜は長すぎた――
懐疑よ去れ！
懐疑よ！
確信ある戦術と更れ！
なくてはならぬものは戦闘の意志だ！
観念の無能から――現実の黎明へ
黒馬を走らせよ！

残存してゐるものを見ろ！
白日の下にバイ菌の肉塊を解剖しろ！
南京蟲だらけな身体！

腹の中に一杯虫をわかしてゐる蒼白い顔
憎み　ねたみ　恨み
ぶすぶす煙つてゐる意志！
糊と鋏
スクラップ・ブックと陰萎の夢
文芸屋
「商売」「乞食」
さまよひ歩いた卑ロウの根性——

昨日——
昨日——
昨日の紙上建築を登つた猿！
汚辱の糞を身体一杯ぬりつけてゐる猿よ！
抽象の鷲は硝子函《ガラス》へとび込んでゐる！
俗物の英雄主義は文化住宅へとび込んでゐる！
出ろ！
今日こそ出ろ！

キラキラするまつ昼間へ出ろ!
生命の奪還!
生活の奪還!
如何なる戦ひにもひるまない自己確立の歌と旗!

血であがなはれ　ぬられた旗を
青草の茂つた大地の中心に
旗竿を差して生きろ!
我々の永久の陣地——
戦闘地——
墓地——
わが霊　わが肉　永久にねむる記念地——

——牢獄の扉を叩きうめく声——
聞えるか?
君の耳に俺の耳に!
今だ!

鍵をもつてゐるものは誰だ！
鍵をもつてゐるものは開けろ！
鍵をもつてゐるものは答へろ！
――「俺が鍵を持つてゐる！」
君は誰だ？
俺の中の――
「俺だ！」
答へろ！
答へろ！
はつきりと進み出て答へろ！

姿は消えた彼！
彼がそこにゐるのだ――
俺がそこにゐるのだ――
十字架上のキリスト
汝売名と功利と搾取の女たらしめ去れ！
彼は微笑む――今

我々の世界に
我々の世界は　今
彼の世界に接近する――

寄れ！
寄れ！
ぴつたりと
抱き合へ！
泣け！

昨日――
昨日――
昨日の部屋の入口へ立つて戸をしめろ！
さやうなら！

〔『原始』一九二七年二月号〕

断片

ただ一直線の道だ
私は火薬のつまつた円筒形の鑵のやうに歩つてゆく

胸には真四角の鉄の函がある
錠はぴつたり下りてゐる
道は果てしなく遠く　近く
そこでまた尽きる

［『詩神』一九二七年九月］

一分間の空想

強壮剤のやうな夏のエネルギーがさらつと落ちて、老嬢の黄色い足がによきつと出さうな
　秋空に我等が戦闘飛行機の爆撃の姿
黒鉄の腕と腕が組まれ、重い弾嚢のやうな生活が自らに破裂する日……
僕は今
日比谷のベンチにあと二分間に来る友をまつて
フイルムのやうな断想を一寸覚えた

僕の前をゆく帝国ホテルのチーズ臭い婦人
ホテル　ホテルのベツト臭い匂ひがすつと後からして来る伴《つ》れの婦人
尖塔に区画《くぎ》られたる空
そこを活字でも投げたやうに、何百と云ふ小鳥のアルフアベツトでも綴つてゆくやうな飛
　行
この出鱈目な模造的東京の鍍金のやうに光るばかりの空を

君達は群れて黒旗のやうにひるがへつてゆく！
行け！
全世界の不生産的なる、豚にタキシードを着せたやうな強欲無比の肉塊の男共
それをとりまく不具の肉体に、赤や青の衣《きれ》をまきつけた売娼のやうな貴婦人面の女共
頭蓋骨の中に、食ひかけのパンに残つたバタのやうな脳髄きりない
搾取の典型的盲目共にはどうでもいい

黒旗を守り押しすすめ、白色恐怖に抗争しゆく同志
正義の不撓不屈なる、支へゆるがない友等に
行け！
戦乱とストライキの群がる、絞首台と牢獄と教会と政庁の尖塔の聳立する空を
われらの友の戦ひつつある空を
われらの友の生命の強奪されたる空の上を

戦乱支那満州の空を
権力的支配者に指導されてる駄馬の如きモスコヴの赤の空を
長靴の国、猪の如き黒シヤツ党のイタリーの空を

世界プロレタリアの友　靴屋サツコ、魚屋ヴアンゼツチを電気椅子にかけたアメリカの空を
行けその土地の言葉で来るべき黎明のスローガンをつづつてゆけ
空になびく黒旗のやうにとんでゆけ

〔『文藝公論』一九二七年十月号〕

黒旗は進む

こいつは旗竿を真ん中において
背中だけで守り合ふ旗ぢやない
竿を握つて背中を敵に向けて守る旗でもない
そんな所に竿もなければ旗もない

各自が仲間から腹黒い奴を叩き出し
自力で自分らの社会をつくらうと戦ひ上がる時
その険しい戦ひを前にして
ひらめきひるがへり進み行く旗なのだ！

その他の時に何人《なんびと》の胸にも腕にもありはしない
断じて何人《なんにん》かのしなびた独専の中になんか
縮んぢやゐやしない

黒旗は俺達なんだ！
俺なんだ！　俺の理想と俺の力なんだ！

黒旗の進むことは
俺達の生きてゐるといふ証拠を現はしてゐる事なんだ！
俺も　俺も　俺も
そこら中から自由聯合主義の戦ひが戦はれてゐる事なんだ！
××××やつちまうことなんだ！

［『黒旗は進む』一九二八年三月号］

断片として

先入観において恋愛は揶揄されてゐる。

御用学者の恋愛観や新派芸術学者の恋愛観や、牧師と人道主義者の恋愛観と生ぬるい行為は、それらの材料となつてゐるだらう。

顔を反《そむ》けさせる卑屈と憫然たるものが、彼等の内在を構成してゐる。それを汚《きたな》くひろげたものは、駄小説駄詩的に選ばれて広告された人格である。

然し恋愛はさう押し進められて来てゐる。プチ・ブルとブルの生活の倦怠が、すべてまゝたの中に押し込んだのだ。すべての無気力と安価な唯物主義の勇敢さが、そこで安心してゐるのだ。

今日、我々は恋愛に対しては義理にでも渋面をつくる。そいつが無反省で豚にさせられてゐるからだ。

現在、そこら中に姿を現はしてゐる恋愛は、資本主義の椅子に腰掛けてゐないと、その姿をさらす事が出来ない。その姿を現はさない所に、現はせない所に、恋愛を蹴とばす所に、さうする者に我々の恋愛は握られるだらう。

恋愛はまたの中にゐない。

恋愛は頭の中にゐる。腕にゐる。その他どこにもゐる。強者で、潑溂と活動して、戦はれて——。

嗅気鼻を衝く恋愛、そいつは最後の護り手、モダンガールとモダンボーイに呉れてやれ。

恋愛、それはあらゆる小児病が、そこから引き離されなければならない。

あらゆる妥協がそこから絶滅されてゐなければならない。

あらゆる仮装者には、それは見向きもしないだらう。

〔『文藝公論』一九二八年四月号〕

断片

決戦か　死か
血まみれた闘争か　滅亡か
そはつひに　脱《のが》れ得ぬ問題だ。
ジョルジュ・サンド

激越な闘争が真に生きようとする者の前には不可避に待ちかまへてゐる。
生きてゐて労働か
戦うての死か

*

血か！　パンか！

かうした言葉は約百年以前の労働者によつて叫ばれて来た。最近のプロレタリア詩人の中にもこれに真似た字句が盛んにひねり出される。若しそいつらの云ひ草！　そいつが真《ほん》物《もの》だつたら何故あんなにも概念の固りに過ぎない詩が出来、血の通はない行動が出来るのだ。決戦か死か、血かパンか、真にその土台の上に乗り切れるだけの勇気と覚悟があつてから、何んでもつくり出せ。

真に戦ひが激越になつて来ると、口でだけ威勢の好い奴は引つ込んで卑怯な、妥協な日和見になるものだ。これはあらゆる闘争史が確実に語つてゐる所だ。指導されないと不安でゐられなくなる。指導して指導下の馬の尻をひつぱたいてゐないと不安でゐられなくなる。そいつらを我々は衆愚と云ふのだ。

決戦か死か――真にその前にたぢろがない者にのみ、我々の真理は戦ひとれるのだ。

生活には飢死がある。

××にはギロチンがある。

××には拷問がある。

「大鞭。鉄串。ゴム鞭。さそり鞭。指の叉に熱した針の挿入。両手両足を紐で縛り、紐はウインチで寝台に結《いは》へつける、四人の男が同時に両方のウインチを捲く、上脚と脚部の関節が外れる。腸結用メスによるふくら脛の肉の削り取り。ひかがみの長時間の直張。水のポンプによる注ぎかけ。身体各部を搾るためのあらゆるゴムと鉄の器具、樟脳油の灌腸器その他、悪魔の考へ得られる限りの器具によつて、物音の洩れぬ壁の厚い部屋でやられる。」（以上ルーマニア、ブルガリアに行はれる拷問、二月のプロ芸による）

決戦か死か、これ以外拷問の例は更に多くある。

詩人よ。覚悟は好いか！

［『若草』一九二八年五月号］

我等は自由自治の道一つである

商品と御用の芸術模型者の群について

芸術は我々の生活の探求である。

生存を可能ならしめるものは復讐、反逆、力の讃美、建設、破壊と云ふ探求の種々なる表現と形態である。我々の生活とはその表現と探求の拡充に過ぎない。如何なる状態においても、生活がある限り芸術は、その状態を有るがままに承認せしめ更に黙認せしめ得ない。放胆にして暴動的欲情の奮起を抱懐せしめる。

だが、芸術に百の決定を与へた所がそれは何物にもならない。我々が現在において、雑誌、講演会において耳にする百の芸術問題とは何んであるか？　それらは何物よりも瞭らかに語る。それらに鋭き探求を投げよう。

問題は二つある。

一幹から二叉の枝に分れたる二つの問題である。一幹とは資本主義制度の承認の上に戦ひ進められる問題で、二叉の枝とは資本主義制度が生み、その制度の面上において、二つの権力の争奪が行はれてゐる問題である。一つの枝は資本主義社会制度の爛熟に花咲いた「商品」としての存在を許容されてゐる芸術と、一つの枝はマルキシズムに根を持つた、共産主義煽動に役立たしめるための「御用」としての存在である。

「芸術は何所に?」この「芸術の模型」を探求せんとする一群の小犬《ちんころ》共は言ふ。繰り返してゐる言葉と繰り返すちんころは絶えない。このお喋り共の代弁を我々はとつて、代弁をまくり上げむしり取つて、彼等の腹の底を裏付けせしめねばならない。

芸術を至上とする一群にとつては問題は簡単であり、労資協調的な人道主義が、その勇敢にして華々しい馬脚を現はしてゐる事に過ぎず、芸術としての探求も行為も、手早く彼等からは、資本主義制度の迎合として手放されてゐるからである。むかれずしてすでに腹をむいてゐる。彼等が資本主義制度へのながい目によつて噛りつき、死守し読者大衆に尊大にされようとも、彼等の足掻きに我我の問題はうすい。只腹の底は彼等自身まで商品たらしめ得ようと云ふ、努力で終つてゐると云ふ事が彼等によつて行為されてゐる。芸術至上主義とは資本主義制度至上主義の別名にして、商品製作至上主義でしか有り得ないのである。そしてそれらの心得書きの下に、萎縮して可憐な警戒が、彼等自身その金銭の塔に内部から錠を下さしめてゐる。

他の一枝の問題に移る。

共産主義プロレタリア芸術も、前述の要素が多分にその中に織り込まれてはゐる。だが、同じ資本主義経済組織の上においての、相互の争奪戦における、新形式である点において、我々の興味は彼等の上に検討されなければならない。

検討とは我等が推し進みゆく道を掃除してゆく事であつて、我等は彼等に歩み寄つて、親切に彼等の是を是とし非を非とする者ではない。検討とは掃除である。掃き出してである。さて手間隙なく問題を進めよう。

——そこに我々の見たものは何んであつたかだ。彼等における理論的決定点が、正直な腹の底が何所に陰蔽されてゐたか？　何をねらひ目的とされてゐるかが見られなければならない。事務化され機械化された「闘争」の文字が、任務として如何に押し出されてゐたか。

それは腹へらしでなければ遊びであつた。果敢なる一無産者としての決定がよそにされてゐた。一無産者としての根底から自己を見抜き立ち上る力が昇華されてゐた。自己の力を行使する能力と位置がなく、自らが自らを追放する手段が限られ押しかくされてゐた。泥沼がそこにあつた。幼虫として彼等はその中に浮遊した。

何故か？

二叉になつてゐる幹を焼き払ふために、我々は説明をしよう。

党組織における煽動の文学的役割は如何にプロレタリアートをふみにじるものであるか問題を進めるに先立つて、我等は常に彼等に正当なる「?の戦ひの矢」を放つて、彼等の偽瞞の厚皮を引き剝ぐために各自に用意さるべきであらう。我々は何人も予言者ではない。我々は常に一から十まで隅々まで何人にも了解出来るやうに説明し得られるものでもない。凡ての探求は「?の戦ひの矢」を、彼等に及び我等の上に間断なく鋭く射ることによつてのみ、各人にそれらの実証の把握が成され綜合され得るのである。我々は鋭く強く力ある「?の戦ひの矢」をもつて、実体の把握に代へねばならない。よく生きる者にとつてそれ以外の方法は我々には無い。有り得る如く見えるものは詭弁者と社会学徒と云はれる幼虫共のみである。

党は如何にして働き得るか?

党の組織は中央集権組織である。組織の中央、組織の最高、組織の行使権の最大な力が党である。党は彼等の絶対の指導力である。指導連絡は中央執行委員会その下に地方協議会、執行委員会があり、更にその下に支部幹事会（支部連合会）があり、その下に農民労働者が組織されてゐる。

党はその最大な行使に努めねばならない。労働者農民の組織の血の中に、党の手は下されなければならない。それらの血と力によつて党は築造されなければならない。労働者農民の中に、党の何時でも必要せられる築造力は貯蓄されなければならない。それによつてのみ党は具体化にうつる。党の支配と党の搾取の下に——。

何故？　労働者農民は彼等の血の中に手を差し入れられて、自己の力を吸収されねばならないのであるか？　何故？　労働者農民（党に計画された）は、党によつて生存を確認される如く思惟し誤認したのか？　自らの血をもつて肉をもつて築造の土台となりその具体化となりつつ、党の指導、党の規約の下に、裁判され刑罰され得てゐるのであるか？何故に自己の自由なる巨力をもつて、社会をそれ自身の生活において組織する能力を有しつつ、自己の生活を党によつて指導されねばならないのか？

数言をもつて彼等を無智と呼び、無力者と呼ぶ事は出来得るであらう。然して、労働者農民の自己に対する臆病、自己を信頼し得ない認識、長い間の隷属的根性の怠慢性が、彼等を彼等自身に行動づけしめ得ない所に依ると云ひ得るであらう。彼等は生活において組織しゐつつ、実際の上にそれを彼等は見透す事が出来ないでゐるからである。それが強権的組織の下に縛りつけられる原因であり、また強権者のねらひ所である。

それ故、我々は党における労働者農民と云ふ名称の下に、我々は生産にのみたづさはる呪ふべき職業者、生産はしてもその消費を承認なく、生産を消費し得ない機械人を思ひ出さなくてはならない。農民労働者それ自身の運動と云ふ名称の下に、単に経済運動のみに依る手段と目的が隠され、一個の人間としての、解放された自由人の欲求による自由人社会への理想が出発され、認識されずにゐるからくりをも思ひ出さなくてはならない。
我々は何人と云はず支配、搾取者のためにのみ働く器具ではない。我々が消費したいために生産する事を忘れてはならない。

彼等が一般プロレタリアートと呼ばれずに、農民労働者と呼称され全抑圧階級から区別されるものは何か？　これらは生活様式を分業制の下に縛られてゐるからである。

分業制、それは現在の資本主義制度においても行はれてゐるが、これは最も生活の非綜合的な、変歪されたる専門的であつて、全く機械の一附属物として労働をよらしめた所から発生したものである。労働者は各職業別に、それらの労働機関によつてその生産競走〔ママ〕が行はされてゐる事を見抜く輝く眼がない。そこに生産の余物が生れ、またそれら生産を交換する所が設置されなければならない。それらに価格を与へ、管理人が必要とされねばならない。何がそこにからくりされ、搾るものと搾られるものが分けられてゆくか？　輝く労働者農民の眼はそこに向けなければならない。

それらの結果は何を生むか？

かかる分業の一局部に労働することが、如何に労働者の頭脳の上に肉体の上に危険なる悪影響と、永遠の無力を与へるものであるかが思ひ出されなければならない。

かつて発明とか発見とかが機械の上に与へられたる時、我々はその発明発見者は、機械図や模型だけを知つてゐる者でなかつたのを知つてゐる。また非常に専門的な高い智識を持つた工学者の発明は、今日如何にその非実際的のものであつたかも知つてゐる。機械の発明や発見によつて貢献した所の少数の人々は、科学者でもなく、ただの機械師でもなく、労働者でもなかつた。科学的智識をもつて機械の側にゐて、それに親しんでゐた者の手によつて頭脳と実際の融和から生じたものである。機械の一局部に制限されてゐるものに機械の実際は分らない。

分業における生産労働はますます労働者をして、労働者たらしめる苛酷な役目を果さしめ得るだらう。科学者は自然の法則を発見し、機械師はこれを応用し、労働者は機械師によつて造られたる模型を、鋼鉄や木材や石で完成せしめねばならない。労働者は他人によつてお前達のためだと云つて造られたる機械で労働しなければならない。その機械を理解しようがしまいが、科学者は機械師が科学や産業の進歩についてはは注意してくれると言ふ——この莫迦々々しき制度。それが如何なる結果を現に生んでゐるか、更に未来に生まうとしてゐるか？　一無力者として機械の附属物として労働者はあつて好いのか？

我々は自由人として生産の創造を分散制度の中に取り、生産と消費の一致を、搾取と支配を蹴つてつくらなければならない。このために百万の指導家の詭計と煽動と甘言を蹴破れ。

何故？　来たるべき社会にとつても、かかる職業別の労働制が企図され、今から将来社会にまで無力と苦痛を結びつけしめてゐる支配的強制労働制が結びつけられてゐるのか？

それは彼等の闘争的手段が常に経済的目的を持ち、その手段と方法の中に、中央組織の支配と搾取が入り乱れてゐるがためである。党が活動主体となり絶対の力である限り、如何なる変革が行はれようとも、その変革は力の移動に過ぎない。力を存在せしめる組織が壊滅されない限り、労働者はいつまでも労働者である事に変りは無いのである。労働者自身、その位置から立ち上る事は出来得ないのである。否、全抑圧階級としての全プロレタリアートの自由社会は絶対に組織され創造され得ない。

——パンとは何ぞや？　自己の生産を搾取され、そのおあまりを投与されたる屈辱の名称ではないか？

経済的闘争は資本主義制度の上に、二つに組んだる生産の闘争である。資本の権力の移動における闘争である。資本家階級を押しつめ、その機構を独裁し得ても、独占、独裁の形式の下における支配権力の根元から、強制を蹴つてそこに再び経済の奪還闘争が実現し得られるはまた止むを得ない。支配と搾取の労働はつづく、我々の創造の生産（労働にあらざるものをもつて行はれる仕事）はそこに行使されない。ロシア共産社会における産業の形式を見ても我々は見抜ける。労働者における位置は、昨日資本及びその機関における労働者（隷属者）であり、今日やはりその機関における労働者である。

労働者！　この呪はれたる奴隷の別名をもつて、機械の一附属物としての彼等が、自己を自由人になすためには、最初から彼等の運動指令の下に行はれず、自主と自治とにおける決死の戦ひのみが、それを可能ならしめるであらう。

――まづ問題を引き返さう。

「芸術は何所にある?」その答へはかつて商品として有つた、今、彼等にあるものは御用としてである。

　彼等は党の御用を読み知り、それを書きうつす事に働く。事務化と機械化の中に彼等の肉体と頭脳は、はたらく。

　党は如何にして、労働者を労働者と成さしめ得るか? その党の画策の中に、一幼虫として浮遊してゐるボーフラが彼等の役割りである。然も彼等は労働者農民が把持してゐる所の生活感を知らない。労働者農民の自由と正義感を知らない。如何に生きようかと云ふ意欲を知らない。党から投下された指令を書きうつし、彼等を党の戦ひの中に追ひ込むラツパを吹く事に終る。かつて、彼等は軍隊の詩をかいた。その軍隊が如何にしてその戦ひにゆくかを、逆にプロレタリアートが組織の中に投げ込まれて、その「腕と血」を搾取されるかを知らうとしない。彼等は行進曲を吹奏する。彼等には彼等自身、一個の人間として自己の連帯社会を創造する意欲が無い。他人の力の上に腰を掛け、労働者の頭を靴の先きで蹴上げる事しかやらない。

　如何なる美名と姿態が彼等に成されようとも、一プロレタリアートとして自己を確認し自治自主し、支配、搾取なき平等の、自由の連帯社会を構成し創造しようと云ふ意欲の無き者に、我々は真のプロレタリアートとして、それらを叩きつぶし、無産階級の中に巣食つた毒と網をはじき出さなければならないのである。

彼等のアヂテートの文学が如何なる役目を成すか、それらはすでに問題外である。

芸術は如何なる道を辿らせるか

我々の生活は搾取の下にある。何故？　この搾取の下にゐねばならないのか？　我々の生活は支配の下にある。何故？　この支配の下にゐねばならないのであるか？　我々は抑圧の下にゐる。何故？　我々はここにゐねばならないのであるか？　またあらゆるプロレタリアートの名をもつて、新しき強権が組織し横行してゐるか？　あらゆる学術と芸術がその中に呼吸を殺して、知らぬ顔をしてゐるのであるか？　それらを擁護しつつあるか？　それらはあらゆる力をもつてゐる。全プロレタリアートに対する搾取と支配によつて、力を持ち、その力を逆に具体化してゐる。ただ、彼等は力の貯蓄に腐心してゐる。貯蓄された力の上に、彼等は強権の座をしめてゐる。

我々の生活はこの中にある。

我々の自由と正義の戦ひが、これらの力の中に有る。我々は我々の生活を何よりも自分に知らなければならない。如何なる組織が彼等に成されてゐるかを見抜く輝く眼を持たなければならない。支配者なき代表者なき中央委員なき、独立した個と独立した個による、創造の生産と消費の一致した社会を、自治と自主に依る社会を、我々は理想としそれに真向ひ押し進まなければならない。

この押し進む日常の生活闘争とは何ぞや？　それは共産主義者が大衆をその中に組織して、抗議文を警察や資本家の門前に押しつけ怒鳴るばかりでは無い。それらの闘争は労農大衆が、単なる指導者のメガホンの中に拡大されたに過ぎない。如何に抑圧されてゐるかを、自由と正義の闘争に主体せず、僅かなる要求を請求し、それが通れば歓呼の声を上げて労農大衆の勝利をメガホンの中に叫ぶことの如何に隷属的であるかを知れ。かくてお芝居の中に、真の階級的闘争は無いのである。強権と強権とのいがみ合ひの道具とされる労働者を憎むより、彼等強権者に我々の憎しみの戦ひの道は向けられるべきだ。我々の日常闘争とは××行動である。

我々は如何なる道を辿つてゐるか？

我々が結束と我々の自由と正義の闘争は、如何にせば連帯され得るか？
我々は現在、何人も自治と自主の戦ひを開くことのみが残つてゐる事を知る。
芸術！　それは自治自主の戦ひの主要素であり、芸術そのものが自治自主のみによつて創造され、価値づけられ戦はれ得るのである。労働の機械化と事務化の中には創造の歓喜は無い。それは功利の獲得の喜びである。

芸術！　それは我々の生活の行く手にある×××と、或ひは集団のあらゆる不正とそれを抑圧する妨害物に戦ひゆく力である。芸術！　それは力である。自主自治への戦ひの力である。

我々は全抑圧階級の名をもつて呼ばれなければならない。我々は組織した農民労働者のみがプロレタリアートでなく、それらのみがすべてを独裁せんとする彼等に徹底的に、その偽瞞の累積したバリケードを切りさばいて押し進まなければならぬ。我々は全抑圧階級のプロレタリアートのもつ、自由と正義によつて立つべきで、一部組織されたる農民労働者の利害のために、階級闘争を押し進めるものでない。

現在、自治自主出来得るものは少数である。これは常に大衆に寄食し寄食させて、盲目的大衆をつくる方針と絶対の対角線にあるからである。

然らば、この決死の少数者は如何にして進まなければならぬか？　この少数の同志は如何にしてつくられ得ねばならないか？　それらは説明の限りでない。ただ、彼等は自治と自主の戦ひが、如何にしてその戦ひを開いてゆくかは、中央集権の指令なき我等は、我等の自治と自主の中からのみ、奔出する自己にたづねざるを得ない。

自由と正義は公式ではない。出来上つてゐるものでもない。成文ではない。自己が生き戦ふ意欲のあるもののみにこれは湧く。それに熱を与へ進ましめる力、それは、我等の云ふ果敢なる芸術の意欲がその根にあることを思ふ。あらゆる行動は機械化と事務化の中に存しないのである。商品製作と御用製作の中には、事物の熱情も創造も存しないのである。拡充されたる生命は無いのである。

　我々にとつて生活にとつて、芸術は何所にあるかと云ふ質問はすでに無いのである。それを区分し理論づける必要は無いのである。確固として立つ生命、それは我々の呼ぶ芸術であるからだ。題材が何所にとられるか？　そんな愚劣な質問にも我々は答へる必要を持たない。四面の敵は何を我我に題材せしめるか？　我々の行動は凡て袋に入れてとどけられる「党の仕掛け」をまつて、ねぢをかけられたやうに動き出す生命でないからだ。

　彼等、党の旗竿にかじり付いて真の欲求に直面し得ない彼等、委員の椅子を欲しがつてゐる彼等。彼等はすべて党の力の影に彼等自身をごまかし、理論の中に睡らせ、野心と功利とダラ幹の頭となつて存在するのである。我々が生きることは、このダラ幹を我々の中から叩き出す事である。ダラ幹のもの差し的指導がない所に一切の幹部を放逐した所に、我々の意欲と行動は急激に成長することは、何等の証明をまたない所である。むしろダラ幹の理論で我々は生きられなかつたと云ふ証明が、現実に彼等の上に蔽はれてゐるではないか。彼等の理論や政策はいくらでも曲げられるやうに出来てゐる。いくらでも卑屈になる事が出来るのだ。だが、プロレタリアートの持つてゐる「飢ゑ」は曲がらすことも卑屈にさせる事も出来ない。それはただ一つの隠しおほせない「真実」である。

　我々の芸術はこの真実の上に立つ。

我々はこの真実の上から出発する。然して、自己の果敢なる発展を押し進める力が芸術の最大な力ではないか。自由の社会を欲求する力、それが芸術ではないか？　自由と正義から生れて来る相互扶助の「事実」が芸術ではないか？　我々は繰り返して言つた。それらを欲求し行為する事自身が芸術であると、他の如何なる商品と御用の代弁が芸術で有り得よう！　我々は断乎として、芸術を読み知り理論を読み知り、ダラ幹の走り小使であり、ダラ幹をねらふ、真のプロレタリアートの「自主と自治の戦ひ」を裏口から売り渡す彼等を放逐しなければならぬ。

〔『黒旗は進む』一九二八年六月号〕

詩に関する断片

小さな芽

殺気だつた反動の赤いヤニのやうな憎悪と凶暴のにじみ出た群れの網を潜つてまくビラや、警官に追はれながら、それをまき乍らまくビラでなくて好い。文芸講演会のビラでも、または芝居のビラでも好いのだ。まいてみることだ。机の前でまいてるやうな気持でゐる時と、一枚のビラを街頭でまくのとはずい分異ふものだ。

組合に争議が起る。その応援のため只の十銭でも好いのである。寄附金を集める。検束された遺族に一升の米でも持つてゆく。門口で、ある時はスパイに調べられることもあるであらう。アゴヒモをかけキヤハンで足がためした警官がぎつしりつまつてゐる講演会の空気に触れてみるのも好いであらう。

だが、それをすぐ無産階級の闘士の如く思ひ過すことや、「大したこと」でもやつたやうに思ひ過すべきではない。

どれだけの事をやるのでも、それはやらないよりは「大したこと」ではある。だが、何んでもすぐ無産者のためとか無産階級のためと己惚れることは禁物である。だが自らさうしたことをやり、その奥に更に根強い広い力をするゑつけてゐる純情の持主は、己惚れももたず大した事とも思はず、自分からドシドシやつて進むだらう。

自分からやつてみることは、常にそれだけに止まらせない何物かを自己に蔵して来させるものだ。どれだけの事をやつても、その気持は次第に浸潤しゆく度を強める。小さな芽がそこにはつきり出たのだ。

この芽はますます次第に強くなる芽だし、どこまでも勇気がしだいに増して来る芽だ。そして正義とか自由とか云ふものは、どういふものであるかをはつきりと判らせて来る芽だ。

彼の背後

彼のやつてゐる背後には圧迫があるのだと云ふそれだけの事で、正当に自分は一つのなつかしみも彼に感じる。どこの人の手も、もとはみな白く美しかつたのだ。だが今、彼の手は血まみれてゐる。圧迫へ差し向ふ心。それに対する理由なき同志愛。それはどんな人においても感ずる所のものだ。僕らはその時に浄化される。千万の言葉も容易に自分を浄化せしめることは尠い。名論も卓説も、それらで我々を魅力し得るものはあらう。だが多くは名論と卓説といふものが、無智をオドシつけるものであり、案外いつも大したものでないことを我々は知ることが出来る。学問に憑かれ本食ひ虫のやつてることが、如何に何時も我々を徒労に終らしめてゐるか、生命も感激もないか。敢て博学の徒と云はれる人々を、しひるのでもなく、悪罵するのでもない。理由なく結ばれるのは、真に圧迫に差し向ふ心のあるや否やである。

かういふ人もある

自分の根から発足しないで、リレー・レースみたいに思想や言動の持ち運びだけをやる人は、いつも逃げ口を尻につけてゐる。

また、かういふ人もある

圧迫のために、或ひは困苦のために、じめじめしたり悲観したり行動を鈍らせない人がある。幾度もの圧迫が繰り返されても、それを乗り切りそこに倍加して来るものを抱き来る人。

如何に多くの複雑なものや崇高らしいものや勿体ぶつたものが、我等の眼前にあつても真実にその人が意志と情熱に合一してゐる時は、如何なるものにもその人は盲にされない。その人の理想は、さうした中から一層はつきり見開かれて来る。

正しいものは正しく、清いものは清らかにと云ふやうなものも、的確にそれに触れるのは、生死を賭して戦ふ果敢に真摯なる人々のみにある。生死を賭けて戦ふ云々と云ふと、それはバカに大きく到底我々には成し得られないもののやうに響くかも知れない。だが、それは文字の上では偉大でも、何事にでもひた向きにとの人がやつてゐる時には、凡て自己の行動一つより無いものである。生死も戦ふもそんな言葉は消えてゐる。ただその内実だけがあるのだ。凡ては実践してゐる人々にのみ、凡ての形而上学に溺れず、または形而上学を破りまたこね返してゐない、哲学とか宗教とか芸術とか、さういふものが持つてゐる多くの虚構をはじき出して、その正しい根元ばかりを後に残すのである。その根元にばつかり芸術といふものはあると云ふことがわかつて来るのだ。芸術はいつも小手先の器用なレッテル貼りでなく、素朴な熱意ある生活から発して来るものだと云ふことが判るのだ。

仮面

仮面はいかに濃厚であつても、見破ることが出来る。事実に面接した時、それに対する処理や心の持ち方ですぐ判るものだ。苦難が前に立ちふさがつた時、一番はつきり判るものだ。

仮面はいつも商売に必然になつてしまふ。さもないものは真に行かうとする人々の中において光る。

偶像

民衆は何時も偶像を欲しがるものだ。若し自分らの中に偶像がないと、何んか偶像をつくり出して来るものだと云ふことを言つた。それはクロポトキンだつた。いつも強固に支配されることにならされ、奴隷的心情に慣《な》らされ、または形而上学的なものに憑かれてゐる。自己の生命を奔躍出来ない、自由のない人々のことを民衆と言つたのである。その反対のものを××と云はれる。支配し搾取し位置をつくり上げたもの、その貴族《ブルジョア》に対しては徹底的にプロはダカツ視してゐるし、また実際にそれに戦ひ向つた。

ニセモノ

闘士みたいな奴がスパイであつたり、戦闘と云つた奴が裏切つたり、名士つて奴が鼻持ならぬ奴であつたり、悟つたやうな奴がひどい奴であつたり、事実に直面しない場合はさうしたものが狂人のごとく暴れ狂ふ。だがそれも朝日の出る前の霧だ。狂人の如く暴れ狂ふといふのは一見さうしたものではないのである。礼儀作法の影にかくれてゐたり千差万別で、すべて外面では判らない。そいつら程、外面に万人向きだからだ。そしてその影で小汚ないズルイ鋭い手段の罠を精巧にかける奴等なんだ。また一人よがりのお喋りのニセ者にもいつも人々は惑はされる。最初の中は何んか面白い見世物と云ふやうな気がして見てゐる、いつの間にか自分もそんなもんではないかと思ふ人々、さういふ人も自分は知つてゐる。

『詩論と感想』について

僕はこんなことを書いて来て、これで芸術に関する断片を語つてゐるやうな気がしてゐるのだ。芸術の理解に公式をもつて来ても初まらないのである。萩原朔太郎氏の『詩論と感想』の序の中にも、そんなやうなことが書いてあつたやうな気がする。『詩論と感想』と云へば、あれに接した時、氏の意思する方向を自分は探りながら語りたかつた。その頃いろいろ忙しかつたので何も聞けなかつたし、その時の情熱も時が廻るに従つてキハクになつた。自己の怠慢と次ぎから次ぎから起るいろいろのものに後廻しにされたことは、自分乍ら甚だ遺憾とする所だ。まつたくあの書は何人かに語られる所のものだと思つてゐた。全体を通じて多くの暗示されたものもあつたが、何よりあの書と云ふものが自己を確然と握り、どうしても自己を発散させなくてはゐられない、不屈な積極性それが裏付けられてゐる所に見逃せざる重大性がある。自己を発掘してゆく、自己を伸長させてゆく、自己を緻細にしらべてゆく、それらは如何なる個人にもなされなければならぬ常識でありながら、常にそれは何人にも看過されてゐる。芸術はまつたく自己があつてからだし、その自己の成熟の昂揚にあるのだ。

『ヴイルドラックの訳詩集』について

緻密に物をよく見る彫刻家が、面を幾度も掌で知る。そのやうに現実をテイネイに鋭敏によく触れて、自分のものにしたら、それの創造性につきまぜると云ふやり方が、我々の中には乏しかつた。それは我々の間ばかりでは無い、日本の詩壇を通じてさうだとも言へる。現実をよく自己のものにする注意力を、自分は尾崎喜八君の訳した『ヴイルドラック詩集』の中において知つた。勿論、物をテイネイに見ると云ふことだけでは何んにもならない。それをそのまま書いてはどうにもならない。だが、余りに我々は見方が粗野であつたやうな気がする。もつと落ち付き確実に握つたら、何物にもひるまない巨力に羽搏きたいものだ。集中「白い鳥の死」だとか「征服者」にはさうした所があつた。

岡本潤の詩集について

詩人にはリズムをもつてゐるものと、メロデイをもつてゐる二つのものがある。自己に触れてつくり出されたものはリズムを我々に知らせ、自己がなくてつくられたものはメロデイきり触れて来ない。

岡本潤君の詩集について自分の知ることとは、事件が《〔ママ〕》どんな事件がとりあつかはれてゐるかとか、下らないテーマだとかそんなことではない。僕の最も好きなものは公園に淫売婦が出て来ると云ふ詩である。あの詩の中に我々を動かすリズムが、いろいろのテーマだとか、すべてのものをコンデンスして歌ひ上らしめてゐる。

尾形亀之助の詩について

コンデンスすることが詩人の才能である。リズムを持つといふことが詩人の素質である。コンデンスされることと、リズムをつたへるといふことによつて、芸術の第一の本質はうがちするゑられる。かういふ例を高橋新吉君の作の中にも見た。それから今年当初の尾形亀之助君の作に見た。尾形君の作は単なる抒情詩でもなくまた短唱と云はれるものでもない。抒情詩が持つ、それらを圧縮した上の抒事〔ママ〕詩的境地である。それだけ深刻な心境の把握をなさうとしてゐる。今年自分は最も注意してゐたのは尾形君であつた。だが、それも夏頃からは何にも僕は接しなかつた。勿論、一つ一つに厳密な批評を与へたら力弱いものをも探り出せるだらうが、全ての尾形君の芸術には可成り自分は注目してゐたし、もつともつと掘つて呉れればいいと思つた。掘るといふことは、どんなテーマでも好いから、その影に動く作者の厳格なる心意の活動である。甘くもないし飾り気もない境地である。

我等の結合

平凡なことだが、何人も自己を確然と摑むことだ。それから自己の外的な生活にもますます勇敢でありたいことだ。自己を強く摑み自己を強く叩くことだ。テーマはそこから生れるだらう。真実に欲求する以外からテーマは生れる筈がない。

テーマはどこにとられるか、現実の我々の世界であり、現実の我々においてである。だと云つて、生活の歌ばかりつくつてゐるからプロレタリア詩でも詩人でもないことだ。それがどこまで深くなつてゐるか、歌はねばゐられなかつたかだ。だと云つたとて、芸術がまづからうが、真のプロレタリアートとしての何人にも、我々は深い握手の結ばれがゆるむものではない。我々の生死を賭ける結合は、そんな所にあるのではなかつたからだ。

壺田花子の詩集

詩を注意はしてゐても、ほんとに今年は幾つもの詩も見ない。そのうちで詩集としての壺田花子君の『喪服にさした薔薇』といふ詩集はうら若い美しい、最も女性らしい詩集で愛するべき詩集だと思ひついた。詩集や詩人の作についてはこの次までゆづる。

［『詩神』一九二八年十二月号］

漫談

語れば語る程、空漠をますやうな日あるひは自分、人に逢ふのも物憂い日、同一にして同音に反響し合つてゐる言葉。

その言葉を怖れる日程、深いそして暗い日はない。

言葉、それはあまりに常に不正確だ。

あらゆる自己を他人の上に拾へない日、他人の言葉が土塊の如き日、他人の否同志の上に、自分は自己まで暗くなる。

——自己は自己でなくてはならない、そんなことは判り切つてゐるのだよ。哀れなる警戒心にふるへてゐる公式の良心よ！


言葉は何んであらうが、そんなことは問題にしないとしてだ。真理だとしても、それの言葉が信じられない日はないか。

毎日ツラをつき合せてゐてタイクツしてゐることはないか、毎日逢つてゐて千里も離れて別れてゐる人間はないか、別れてゐるくせに乞食の如くやつて来る人間はないか。

喘いでゐる。あわててゐる。ヲサマつてゐる。見栄を切つて猿の如く赤くなつてゐる。

とかくその辺から自由の仮面が生れ、正義の仮面が生れて来るやうな事はないか！

ウソ付きはいつも口を休まず喋り、繰り返してゐるんだ。さうした日にぶつつかつた日はないか。

自分にさ！　ヲコがましくも、他人の上にではないんだ。


何んとでも吼えろ！

何んとでも泣きわめけ！

勝手放題に喋り散らせ！

明日は明日だ。

明日はどうなるか、知らないやうで知つてゐる。明日は知らないとはあんまり言つて貰ひたくない。大体の方向はついてゐるんだ。


感激！　そいつは宇宙大までひろがりたいものだ。ひろがらないうちに、ジヤツク・ナイフの前にでもふるへる人間が、殺すとか殺されるとか大きな事を言ふな。

言葉！　そのうらには作者がゐるんだ。

作者よ！　俺はこの心を何んと云つてうち明けたら好いんだ。形式はどれも作者の好きな形式で、小説その他の散文、詩歌、片言、なんでもかまはない。作者よ、俺の呼びかけがわかつてくれられるか。

誰が君を憎むだらうか……否、憎むだらう。誰が君を愛さないだらうか……否、愛さない、憎むだらう。作者よ、俺は言はう！

作者よ、タハ言は自由だ。
活字が絶滅されたら、作者よ俺達は友情が変るやうなことはないか……だが、言葉が活字の上になかつたら、我々の世界には自殺するものが可成りありはしないだらうか。

書きたい、だが何が書けるのだ。
書く、だが何を書いてゐるのだ。
それでも書いてゐる。それは幽霊だ。
商品！　商品！　商品がイバる世界だ。
自分は？　どうして他人の事であらう！

〔『文藝ビルデング』一九二九年一月号〕

兵卒

銃丸に胸を射貫《うちぬ》かれて彼は土も草も一摑みに握つて呻いた
流れ出る血潮の中に彼は手をかき廻した
彼はやがて地の上に流れ出きりそこに沁み消えてゆく自己の生命を苦痛の中から見知つた
彼は生命でもすくひ上げるやうに血をすくひ上げた
彼は血の中へ顔をうつぷせ血にまみれようとした
彼は幾度もさうした
誰一人人間のゐない戦場に看護人の影も見えない野に
背嚢も銃も軍帽も投げ出して
はつきりと亡骸になる自分を彼は野に立たせて歩かせた
彼は腑甲斐なく淋しく呪はしく怒つた
初めて彼は自己をそこに知つた
だがそれは徒労であつた
最後に故郷の思ひが洪水のやうに彼の胸を押し流して行つた

彼の生命はこの故郷への洪水の流れるまま流されて消えて行つた
兵卒よ　お前は死んだ
亡骸をそこへ横たへた　だがお前の銃丸の行方をお前はまた知つてゐるか？

〔『新愛知』一九二九年九月〕

詩に関する断片

無題

少し熱があつたのでアスピリンをのんで熱をとつて目を醒ました。殆んど誰も通らない窓の下の道を、誰か小石を踏んで一二回歩つて帰つて行つた。その音で目が醒めたのかも知れない。夜の十一時だ。それは誰だか自分は知つてゐる。

枕元にひろげておいた原稿用紙の上に、今頃蚊が一匹ウロウロ老人のやうに歩いてゐる。夜は寂然としてゐる。下高井戸行きの電車がカーブをぎいぎいきしつて行くのがヘンにうるさい。この間まで毎夜啼いてゐたポツポーといふふくろふが啼かない。何時も午前一時頃になつて、電車の音もなくなつてからポツポーといふふくろふの声をきいてゐると、何んだか強く原始的な感じを受ける。煙草に火をつけて聞くのが自分の癖になつてゐる。ある時、さういふ深夜に生々しく間近かにパチパチパチパチといふ鋭い機関銃の炸裂する音をきいた。僕は思はず電気を暗くしたことがある。二三人の兵士は窓下の道を忍び足で走り過ぎて行つた。

電燈はすぐ莫迦々々しいので点《つ》けたが、すぐこの真夜中に畑にころんだり起きたり、銃を握つてあつちへ這つて行つたり、こつちへ走つて来たりしてゐるカーキ色の服を着た人間が思ひ出された。闇の中に目をみはつて靴も服も泥だらけにして、ある二等卒は闇を好い事にして睡くてたまらないために目を開けてゐる振りをしてゐて、上等兵あたりにビンタをやられてゐるのも思ひ出された。

兵卒は睡つても、何時までたつても睡らないのは彼等の銃ばかりだ。磨きぬいた銃身を思ふ度に、その銃口は自分に向けられてゐるやうに何時も感ずる。目にも止らずハツと思ふ瞬間に飛び出て来る銃丸が、その刹那に自分の呼吸の根を止めてゐるのぢやないかと思ふ事がある。

敵！　それは誰だ。それは石でも草でも木でもない、それはあきらかに人間である。その人間は誰だ。

理想

理想を持たない人間は僕は嫌ひだ。だがおよそ何人か理想を持たない人間といふ人間があらうか。ニヒリストといふものがニヒルといふものに絶大な理想を持つてゐる事もある。奴隷といふものは奴隷への理想を持つてゐる。だが自分の云ふ理想とは我々自身（社界《〔ママ〕》的連関は勿論その中にふくまれてゐる）から把握して我々自身を生かしてゆく理想である。だがまたおよそ社会の何人か社会への何等かの理想を持たないものがあらう。それはすでに社会の状勢が然らしめて来てゐるのだ。だが、自分の云ふ理想は理想の形態に固着した、理想が枯渇してすでに権力と化しつつある、理想といふ名目の下に砲塁を築いてゐる人々の持つてゐる理想ではない。理想といふ名目の下に特権を移し植ゑ、便宜主義者《オポチユニスト》に化してゐる人々の理想を云ふのではない。およそ理想といふ文字の下に巣食つてゐる内容は数限りなくあるだらう。そして偽瞞の中で最大の偽瞞さへ、その言葉の下においては公々然としかも得意になつてゐることを、我々はザラに嘔吐を催す程、連続的に見てゐるのである。すでに特権づけられた理想の形骸を打破すること、いづれの便宜主義にもわづらはされずに、自由とか正義とかに、我々の云ふ理想といふものは名づけられ得べきではないだらうか。

僕は多くの詩集を貰ふ。また詩の雑誌を。そして自分はさうした精神の下にそれらに接する。この時、我々の言ふ理想を持つてゐる詩人が幾人あらう。

あらゆる理想の形式を説明する詩人は幾らでも有り得るだらう。理想を絶叫する詩人もある。だが我々が芸術として作品としてそれから感受する時には、理想を絶叫する理想主義的な詩からその浅薄さを受け、むしろ然らざる所に我々自身の理想が掻き立てられる事は、幾度も経験するところだ。

嘘も隠し立ても出来ない所に、芸術家自身のリズムはそれ自身正直に証明する。

プロレタリア詩に就いての寸言

我々の階級は無産階級である。我々は無産者である。我々がつくるために我々の詩を無産階級といふ名称を附するのなら附することが出来る。我々はそれ以外に無産階級の詩と云ふ名称を附する事を必要しない。ボグダノフやコーガンやプレハノフやルナチヤルスキーや、その他ロシア文芸委員と云ふ役人が云ふ所の無産階級詩論とは、無産階級といふ概念の内容を異にする。それらの内容についてはほぼ論戦のケリは一応ついてゐる。だが機会を見て根本的な検討はやつて見たいと思つてゐる。

我々はどういふ特権をももつて他に対したくないやうに、我々の詩は他に対してどういふ特権も持つてゐない。かうでなくてはならぬとか、かうであれといふ上からの命令は絶対に必要しない。

すでに我々は支配と搾取といふものが、現実の生活の上に如何に暗欝に覆ひかぶさり、更に抑圧の武装を逞しくしてゐるかを知つてゐる。我々はその組織の下から生きようとしてゐる。そのために現実に対する機構を精密に研究する必要はある。だがヘーゲルの言ふやうな「法律の目的は至高の理念の実体化を示す所の正義を建設するにある」と云ふやうな法律をも持たないし、法律とはそれが如何に変形されようが、刑罰を具有してゐるもので、個人の自由なる行動を束縛するものである。また資本主義制度の××によつて無産階級の独裁（この意味における無産階級とは全無産階級中における特殊なる団体組織の指導意見を持つ、無産階級の政府樹立を意味するものである）をも必要しない。無産階級の真に解放を希求する道においては、如何なる美名と巧言における、法律をも政府をも必要しない。それらは長く更に深刻に歴史の示す所であり、更に現実の上においてはそれが如実に美辞麗句の下に、抑圧の武装の下に行はれてゐるかは何人にも好く洞察され得てゐる所だ。プルウドンの主張し初めた無政府主義的観点よりの理論は今、自分の述べたく思ふ所ではない。今日、自分は詩に就いてだけ少々語りたいのである。

我々の詩は最もその作者がぐんぐん伸び上つて行く所にばかり進展の余地があつて、その作者が自由に大胆に欲求すれば欲求する程、その詩は輝きを増して来るものである。更にその人の押し進めによつて重量や幅が加はつて来るのである。我々が如何してもさうしなくてはゐられなくなつてゐる時ばかり、詩は必然的に生れて来るものであつて、他の便宜のためには生れて来ない。それ故、プロレタリア詩人と云はれる人の作品にせよ、便宜のためにつくられて来た時の詩は、それはプロレタリアの詩でもなく他の芸術でもない。繰り返して言ふが、我々は何等の特権をも有してゐるものではない。

技巧に就いて

ある時は自然主義にある時は表現主義にある時は現実主義に、芸術家の意向は走る。また主観的にとか客観的にとか批判される。だが芸術の構成技巧は、窮極は作者個人の性癖である。その個人の体臭であり顔面である。人体において顔面が特殊な位置を持つやうに、芸術における構成技巧はその個人の生れつきに掘り下げ、近づいて行くより方法はあるまい。顔面を美しくするためには単なる外部からの化粧ばかりでは仕方ない。内部からの輝きが放射されない限りは駄目だ。

詩においても、まづ作者個人が如何いふ風に生きてゐるかを摑み上げることだ。その人が生きる力に決定され、生きなければならなくなつて来れば、それの力も光輝も次第に自然に盛り上つて来るだらう。そこに統一され緊縮され重圧されてゐる個人が、その腕を巨きく持ち上げるだらう。まつたく我々の詩においては苦労人であるとか学者であるとか、さういふものからつくられはしない。清新にして潑溂たる意欲のない限り、それはつくられないだらう。我々はそれ自体が如何に古くさいか判らない、悟りすました詩における何等かの格言じみたものを身辺に寄せつけないが好い。すべてのものに最初であり最後のものである裸でありたい。すべてのものに詐欺でありたくない。

我々が生きる時には、何が仮面で何が心臓であるかは容易に裁別され得るものだ。まやかし者に対しては、我々は自由に攻撃するだらう。卑屈な立場に頑張るもの、強権にしがみ付くもの、一切のウルトラ共、それらには自由の攻撃は必然に戦ひをいどみゆくだらう。自由はまつたくこれは何物をも乗り超える力だ。何物の上にも座する力だ。それは真善美だとか真理だとか宗旨だとか、道徳だとかよりも何物よりも強い生の力だ。それは瞬間であつても永遠である。自由！　それが我々の生きる根であつて全部だ。詩は自由の奔騰して来る生命のリズムと云へば、可成り古い説明のやうだが、さうとしか言へない。まつたく生きる力がなくて、自由を欲求する力がなくて、誰に一篇の詩が書けよう。

諸君に対する雑言

「千九百二十九年には誰に属目するか？」

これが本文の最初からの与へられた命題だ。だが誰に属目するか？　自分は官選の詩の役人でもないし、誰に属目するかといふやうな性質を帯びたものでなく、自分がその詩に力を感じたのは、無言の中にその人と握手をした事なのだ。その範囲内で挙げておく事にする。

何と言つても我々日本人の詩は今までリズムが弱い。それは生きる力のキハクを示してゐるものだ。何がマヅからうが強靭なリズムを我々は欲する。金井新作君の詩においてはめづらしい強いリズムがある。だが、人道的な意志や批判の意志がその詩の中に現はれた時には、そのリズムをキハクにしてゐる。君のさうでない波や海や仲間自身に与へた詩には、凛々しい力があり我々の胸の血を持ち上げるものがある。

それから、それ自身に深く掘らうとしてゐる者に横地正次郎君がある。そのフレツシユな感覚や直観は一寸他に得られないものが、いつもその作品の奥にかくされてゐる。だが君は客体といふものに更にぎつちりと、正面から組み合つて行く必要があるやうに思ふ。時々鋭い刺戟を君から受けるが自分全体を貫いてゆくものが未だキハクに感じられる。自分全体を躍り上らしめて呉れるものがキハクだ。それはどこから来るか。君に僕は一層の認識の確実を欲するものだ。だが『羅列』にのつた「上陸の朝」、『自由聯合新聞』にのつた「往くもの」等にはさうした杞憂はのぞかれてゐた。鋭い欲求は勿論必要だ。だが視野に対する確実な認識の拡大を、僕は切に君から得たいと思ふ。

質実にして激しい意志をふくんでゐる詩人に神谷暢君がゐる。君は一つの意志を熱く自己に統一しようとしてゐる。勿論、詩の数を多く発表するといふ意味は我々の中には無い。一篇でも二篇でも君が立派な作品を出してゆく事を我々は望む。

碧静江、竹内てるよ、野村考子の諸君が、女としての生活から、解放の社会に対する愛に激しい情熱を披瀝した。また自己の立場に対してドキツイところのメスをふるつて、自己の欲求に赤裸々になつて来たことは、見逃す事の出来ない事実であらう。

それから、かの宮崎孝政君の「やどかりの詩」「ふぐの詩」「しぐれの詩」は単純素朴な、それでゐてきびしい北国の空を思はせるやうな作だ。農民詩だと云つて農村の風景や食へないといふ詩ばかり見せられた時、我々は少しも農村をヂカに自分に感じない。宮崎君の詩に接するとそのギコチなさ、何んとなく悲しいユーモラス、地方人が都会に出て来てゐる悲哀、それから如実に歪んだ微笑みの底からじつと焼きつかつて来る生一本さがある。室生犀星、百田宗治、宮崎孝政の諸氏の作品についてその素質、その精神の社会的連関に就いて検討することは面白いことだと僕は思つてゐる。

坂本七郎、湊英季君及び片岡茂君等はどこか一脈の関連性がある。その純情さの強さ、錐のやうな鋭い意志、みだりに懐疑のない直情さ、それはぎりつと張り渡した針金のやうなものがあると共に、その奥底に目に一杯涙をふくんだ人がやる行為を何んとなく思はせる。我々は抱き扶助とか握手とか言はなければ、さういふものが成せないだらうか？否！　我々は純情と純情によつて固く結び合はさるだらう。純情とは真摯から生れた以外に名づけられない。それは理論とか利害とか権力とかの結び合ひよりも強い。猪狩満直、三野混沌、更科源蔵といふ人々の作品に対しても、そのひた向きの態度に対して、我々は自然の握手が交はされるのである。詩がうまいとかと僕は君達に言ひたくはないのである。詩によつて我々が等しい理想に起ち上らしめるのは、その重大性はどこにあるのだらう。それはそのひた向きな自由を欲求せねばゐられない、その欲求に合致した時である。どんなにまづい恰好をしてゐても、そのエスプリは我々をそのままにしておかない。坂本遼君の『たんぽぽ』が我々を魅したのもそこだ。岡本君の淫売婦の詩が魅したのもそこだ。更に尾形亀之助君のその激しい暗澹たる境地から起ち上らうとしてゐる詩が魅したのもそこだ。我々を強く衝くものは何んであるか？　それはその個性のムキダシな力だ。ムキダシになつてゐるといふことは、どれだけその激しい反逆の意志をふくんでゐるかといふことだ。我々は反逆の意志にのみよつて結合されるのだ。

突然話は異つて来るが、破壊と建設と云ふ事を可成りはき違つてゐる者がある。そもそも我等は自己一個によつて何物も建設されないし、建設と云ふものは破壊された後、破壊の上に万人が共同の力によつて綜合しながら建設するの時〔ママ〕、真に建設の実質は上るものだ。建設々々と叫んでゐるマヤカシ者が何時もそれは一時の改造的、改良的なものでしかなく、自己によつて建設したその土台が何んであつたか、姑息なる改造によつてその特許権を得て、自己の安慰《あんい》をむさぼらうとした代物でなかつたか。建設といふ綱領が何時もその当面に際した時、万人の意志に反してその文字が何等の役目を果さないことは、自己の便宜に対する合理化主義者にも知られなくてはならないし、更に真に自由を欲求するものには、最も下らないネゴトであることがよく判るのだ。建設々々といふこましやくれた卑劣な旗を我等は立てない。破壊し得てゐることが我等の無上の最高なる建設であるのだ。破壊にのみよつて我等は新しい建設の意志に追ひ立てられるだらう。それ故に次ぎから次ぎへと新しい建設の意志に打ちこまれてゆくのだ。建設は破壊の中にのみあつて、それ以外の所にポツンと建設が宇宙の一個所にあるものではない。社会××においても破壊しつくされれば、そこからその行程《コース》が建設の道になるのだ。我々は最初から建設を鼻の先きにぶらさげてゐる、オポチユニストやリベラリストや更に反動や御用教育者の功利主義者ではない。

我々はデマゴギーのエビでタイをつるやうな建設論にはハナもひつかけないのである。

詩においても然り、破壊の底にある意志に共感出来得ないものが何等の建設を知らうや。建設へ差し向ふ心が破壊なのである。

されば我等がその反逆の意志、破壊の意志によつて結合され得る詩を、我々の万人の詩と云ふのである。

草野心平君の今度の『第百階級』といふ詩集には、一語も革命だとか何んとか云ふ言葉はない。だが瞭らかに蛙は赤裸々に淋しさとか悲しさとかを、そのリズムによつて腹の底からうち明けてゐる。それが我々の胸に響く。それなるがために我等の心は掻き立てられ得るのである。テーマがどこにとられるかは問題ではない。その作に於ける作者の意図と感情を我々は自然に摑み上げる、そこに彼と我との擦り合ひがあり、そこに拒絶も結合も我自身から分れてゆくのだ。言葉は最大な言葉を持つても言葉自身は死だ。言葉はどんな幼稚でもリズムは仮面をかぶることは出来ない。リズムは最も純に正直に彼我に通じ合ふものだ。反逆！　小さな合理化によつて固まらうとする者に対する破壊！

我々はこの外に小田揚とか大江満雄だとか林静夫だとか高下鉄二だとか柴山群平、小田巻次郎、杉山市五郎、越山倫、大木義雄、また『木曜島』にゐた岩崎悦治、谷村定治郎、『白山詩人』の山本和夫、『城』にゐる中田忠太郎、伊藤信吉、黒田秀雄、池田熊雄君とか多くの人を知る。だがその諸君に一言、一言、何を自分は言ひたいだらう。

その人達はその人達自身に自己をますます掘つてゆかうとしてゐるのだ。君達は君達自身に何んと言はれようが進まなければゐられないだらう。君達は君達に自由に君達の理想に驀進して呉れ。これが最大の我々の希望だ。また相互の合言葉でもある。またこれが未知の同志にも与へる合言葉でもある。マヤカシ者共の雲集してゐる中における諸君の自由の攻撃手としての戦ひを我々は期待してゐる。

岡本潤、草野心平、小野十三郎、萩原朔太郎、中野重治、尾崎喜八、高村光太郎、百田宗治、室生犀星諸氏に対しての自分の希望はこの次までゆづる。また田中清一、南江二郎、福田正夫諸氏の舞踊詩劇に対しても感想をのべたいと思ふ。

もう夜も明けて来た。黎明はしづかに一刻一刻と光りの密度を加へて来る。自分は疲れたから、もうペンを置く。

（十一月二十四日）

〔『詩神』一九二九年一月号〕

詩に関する断片

心臓の差異による決定

プロレタリアの「詩」と「詩人」はどうなつてゐるか？　それが課せられた問ひである。それがどうしてゐるか？

プロレタリアが動く所にプロレタリア詩は動いてゐる。プロレタリアには特定された詩人といふ存在の定席は無い。自らはプロレタリアの詩を書くが、自分はプロレタリアではない、詩人であるといふ、職業とギマンはあり得ない筈だ。

プロレタリアの詩だと言はれてゐる詩は幾らでもある。だが、プロレタリアの詩とはどういふものか？　只一言で云へば、プロレタリアが書いたからプロレタリアの詩なのだ。それがどういふものを書かうがそれは問題ではない。だが、プロレタリアートは何を求めてゐるか。何によつて自己の奥底に潜む心に触れてゐるか。それがプロレタリアートの詩をあきらかに決定するであらう。

自己の奥底に潜む心が、自由にかつ明確に決定するであらう。闘争状態が取材されるとする。ゴマカシとデマゴギーのつくつたもの、即ち上から眺めてゐて吶鳴つてゐる者の心臓と、真に自分の生命を賭して戦ふ者との心臓の差異は、あきらかに同じ取材を成してもその根本において、その奥底にひそむ心によつて左右に引き分けられるのである。一人は血を流し、一人は血をすする者だからである。そのやうに決定されるであらう。

芸術において、取材は自由に選定さるべきだ。何をもつて来てもその奥底の心に触れてから出発さるべきだ。その底に触れてゐないものはプロレタリア自身の作品にせよ、それは立派な作品ではない。我らが今言はうとする「詩」そのものではあり得ないだらう。プロレタリアは「何を」「現在」「欲求してゐるか」によつて、奥底にある心の位置は決定される。それから自由に奔放にその上に情熱と意志とが花咲き、プロレタリア全体へ全体の詩として決定されるだらう。

私達の眼は、そこに向く。

詩人はどうなつてゐるか?

最初の問ひにもどる。

詩人はどうなつてゐるか？　といふことは、プロレタリアとして詩を書いてゐる人達はどうなつてゐるか？　といふ事だ。更にどういふ心をもつて詩をつくり詩に接し詩を考へてゐるかといふことだ。

然し、それを正確に報じられ得る人は、怖らく存在してゐないだらうと僕は思ふ。そんなことは一人が大まかな「さうであらう」といふやうなことを報じなくていいのである。それは各万人に報じてゐるからである。

プロレタリアは常に自由に、自ら創り自ら歌はうとするからだ。それらの真実の多くの詩人は、（僕の知る範囲において）単に東京を中心としてでなく各地に各地方にあつて、プロレタリアの生活に熟議を持ち且つ働いてゐる。そしてそれらの詩（創作）の連絡は、「どこからどこまでも」通じ合つてはゐないだらうと思ふ。それまでに、作品としての連絡がとられてゐないだらうと思ふ。それまでに進ませるよりも他を進ませることが、更にプロレタリアの中において現在重要性を持つてゐるからであらう。だが現在においても、さうした真実の団体があり更に多くなり、やがて多くの連絡が成され得るだらう事は瞭らかな傾向である。さうした関心は多くの人々が持ち合つてゐるからである。

プロレタリア詩人は常に自由に、その正義と生活全体をくるめて歌ふだらう。歌はねばゐられないだらう。生命の起ち上る所に必ず「詩」があり、胸にある「詩」は、外へ発表せずにはゐられないからである。今、プロレタリアートが「自由の攻撃手」としてあるやうに、追ひ立てられてつくり、職業として便宜として事にあたらず、その全身をもつて歌ふであらう。プロレタリアの詩は全体として長い間、プロレタリアの中に種々な形態として培はれて来てゐたが、近代資本主義の爛熟を通過して来た、意識的にまで決定された詩は今日以後、最も特有な姿を持して盛り上るであらう。

詩を摑み出すといふこと

昔、「人民の中へ」といふ言葉が使はれてゐた。今、詩人の中に、「プロレタリア詩を書かう」といふ言葉が使はれてゐる。それでプロレタリアートの詩は？　といふ問ひがある。やや問題は違ふが、その度に僕はクロポトキンの『青年に訴ふ』といふパンフレットを思ひ出す。それと共に次のやうな記事も思ひ出す。（青年に訴ふはプロレタリアの詩に関心する人々に読んでもらひたい本だ。）

「今後の仕事に就いては生活らしい生活を知るために、あらゆる場所に入つて行き、其処からプロレタリアの詩と小説と芝居とを摑み出して来たいと考へてゐる。二八年一〇月二七日　上野壮夫」

僕は単なるやつつけや皮肉や揚足取りで、この上野壮夫君の「考へ」を持ち出すのではない。問題は上野君がマルキストであるといふことだ。プロレタリア詩人で、プロレタリアの詩をつくつてゐたことだ。それにプロレタリア詩人と云はれてゐた一般性の、多くの詩人にもその「考へ」は適合性を持つてゐるからだ。特にマルキストの詩人達に、その「考へ」が公然と似たり寄つたりの言葉で語られる文字であるからだ。

公正にして明確な胸こそプロレタリアの胸だ。その胸はこの言葉に何んと答へる。「プロレタリアートの中へ」「プロレタリアの詩の中へ」といふことはどういふことか？　それは我々全体の問題なのである。答へは万人が答ふべきものなのだ。

四月の『戦旗』に、はしなくも一読者の六号記事を見た。それは言つてゐる。

「爾来、文芸運動の人々が、ちよいちよい『プロレタリアートの中へ』入つて来るが、どうも心掛けが間違つてゐる。小説の材料を掴みに入つて来るやうだ。（このデマゴギーとエゴイストはプロレタリアの敵だ。）或る者は労働者と接するに、先づしち難しい理論をもつてする。そして労働者に嫌はれる。プロレタリアートの名に恥ぢないやうなことを言ふつもりかどうか知らないが、自分のお喋りに極度の制限を加へる。（逃げようとする者の最初から掛けておく卑劣なる罠を知れ。）もつと自由に、くだけて話をしろ。半年許り一緒に生活してゐて、それで×××をぶん殴つて逃げる程度まで勇敢になると、鉄火の試練を経たつもりで、さつさと遠ざかつてしまふ。その時の理由は病気、ある事情、他の仕事等々。労働者の種々な状態を知るのも、闘争に加はることも、プロレタリアートの中へかも知れぬ。然し、それでは真にプロレタリアートの中へ入つたのでは決してない。余り機械的でインテリゲンチヤの得手勝手だ。入り方も、入つてからの行動も、気持も……。

も少しといふ所で逃げてしまふか、一歩手前で止つてゐては駄目だ。も少し頑張つてゐて欲しい。諸君の優秀な想像力を以てしても、到底分らないものがその奥にある。」（カッコ及び傍点　萩原）

諸君の優秀な想像力を以てしても、到底分らないものがその奥にある。その奥とは何んだ。それはプロレタリアートはプロレタリアートのみによつて、その意志も行動も不言の中に結合され、凡ての悲喜哀楽といふやうな感情も合一共通されてゐるといふことだ。プロレタリアはプロレタリア自身のみによつて、生活が進められて現在まで来りつつあるといふことだ。若しプロレタリアートは、現在の相互扶助組織を解体したならば直ちに壊滅するであらう。この相互扶助組織、それの純正なる発達、生長を常に根絶するやうな事をして、常にプロレタリアートをルンペンにまで蹴落してゐる者は何んだ。それは強権×と搾取×だ。政治とはどういふものであるか。マルクス主義とはどういふものであるか。指導者といふものは何をするものであるか。それはこの誌面では書けない問題だ。だが真実のプロレタリアートの眼は見開かれねばならない。といふより見開かれてゐるのだ。上よりの組織でなく、プロレタリアートのみによる組織によつて行はれるといふ理想と現実を見極めて――問題はデマゴギーであるか否かによつて、「プロレタリアートの中へ」「プロレタリアートの詩の中へ」来てゐるか否かだ。デマゴギーはプロレタリアを壊滅させ、裏切る最大な敵だからだ。

　詩人と詩の相関性については、やはり一某労働者の言を引例してみよう。それは言つてゐる。

「プロレタリア魂のない作品は、如何に大衆闘争の勝利が書かれても、たとへ十一月七日が背景になつてゐても、それをハエ抜きの労働者が書いたとても、決してプロレタリア作品とは言へないだらうし、又労働者は手にしないだらう。このプロレタリア魂あつて、初めて過去の習慣、伝統一切のギマン等に、幾重にも包まれた有産的外被の中に固くおしこまれてゐる本性をゆり動かして、その外被をぶち破らしめるに至るだらう。」（傍点　萩原）

　これらの引例文は、多くの「上野壮夫の考へ」に、瞭らかにプロレタリア的の修正をなし暗示した一文であらう。マルキストの頭の上に一匹のマルキストの蠅がたかつて追はれたのだ。（全プロレタリアの上にたかつた蠅は、全プロレタリアにとつてはらはれねばならない。）

　更に名古屋から発行されてゐる『都会詩人』四月号の植村諦君からの一文を引例してみよう。

「大言壮語は何時でも誰でも出来る。吾々はむしろ黙して行はんことを欲する。実行に裏付けられない詩と、論理は吾々には何んの価値も無い。

　貧乏の苦痛を征服出来ない奴、一切の我利的欲望を征服出来ない奴、さういふ奴が常に吾々の運動を阻害するのだ。そしてさう云ふ人間が如何に多く無産派詩人、無産派文学者、無産運動者と自称し他称されて横行してゐることか。乞ふ君等よ、吾々の進路を阻む一切の雑音を止めよ。そして黙して君自身の完成のため戦へ。最後に僕は、僕の最も尊敬する同志として最近終身懲役の刑に処せられたる無産運動者の獄中からの言葉を引用して置く。

――言つたことは必ず行へ。行へないことは言ふな。」（傍点　萩原）

言つたことは必ず行へ！　それは大なるプロレタリアの正義の言葉だ。

　プロレタリアは書くだけだらうか。さういふことはあり得ない。書かないで黙つてゐるきりだらうか。さういふこともあり得ない。（この章については、昨年の十二月今年一月の詩神の「詩に関する断片」を合せて読んでもらひたいと思ひます。）

プロレタリア詩の存在

搾×され支配されてゐるのがプロレタリアだ。プロレタリアは仲間だけであらゆる指導者と煽動者といふ支配者を外に、別名、次の新しい搾取者を外に、「プロレタリアの中へ！」さういふ意識は、プロレタリア意識でない。人道主義とプロレタリア意識とは似てゐるやうであつて根本的に立脚地を異にする。それはデマゴギーが最初、最も似てゐるのと等しい。

　仲間を食ひ物に踏み台にしないものが、さうして生活を押し進めようとするものが、我々の云ふプロレタリアートだ。

　我々はプロレタリアートの中へでもなく、プロレタリアートの詩を書かうでもなく、そんなことは考へずにプロレタリア層の中にあつて、プロレタリアにまで目ざめ切らない一切のものをハジき下すことが、詩をかくよりも更に重要な事であらう。真実の詩は、さうしたことを成すことが、最大な「詩」を自己の心臓に書いてゐる事だ。

我々は言はう、ギリギリギリギリしてゐる胸を仲間の心臓への音信とし、（結合がそこへなされる）彼等一切に対しては武器として、さうした新鮮なレポート。（それは技術では決してあり得ない）それを我々は詩として受け入れよう。（これに就いてはどこかで更に書きます。）

〔『詩神』一九二九年七月号〕

雑信

本年の五月五、六日にこつちの県下をおそつた霜に、約七千数百町歩の畑がやられた。朝のうちは黄色く飴色をしてゐるのが、太陽が上つて来るに従つて若い桑葉は次第に黒く焦げ上る。畑の中に頬冠りした男や子供を背にした女達が立つて、呆然とそれを眺めてゐる。収葉減収は六百万貫、二千万円の損失ださうだ。このため五月末日に納入する県税は七月の養蚕の収入時まで延期されることになつた。全然、霜害のため一年のうちの前半期に収得する現金の大半（春期養蚕にて田植の肥料代、前年度からの繰越しになつてゐる春の桑肥代等をネン出せねばならぬ。麦作による金なぞは耕作地も少いが、まるで勘定には入れられない）を失つてしまつた農家は、何千家族かを算するだらう。

彼は桑を刈り倒して、また八月に行はれる養蚕時まで、穴をあけられた生活のままに待つてゐるらしい。かうした中に市町村会選挙のドサクサが初まり、大衆党とか社民党とかの連中が一円や五十銭の戸数割り低減を前提にして、養蚕室や木小屋や空家等に演説会場をまうけて、真に無産階級者の意志する実体を目かくししてオダテ上げてゐる。

我々がそれを見物しようと思つて行つてもスパイは近寄らせない。

桑は昨日（六月三日）一駄（葉貫四十貫）十七円代から二十円に、更に二十三円に今日は三十円をなしてゐるさうだ。上蔟はもう二三日にせまつてゐる。このセトギハを目がけて、いぢめぬかれてゐる農民を仲買人共が更に責め立てる。そして繭は一貫目七円程度である。少くとも十五六円に売れなければ今の処農民のウダツは上らない。然し繭の出盛りになれば更に値段は安くなることは、製糸工場と繭買人との妥協によつて決定される。

村から村へ行く道には、いろいろの草や木が白や紫の花を咲かして甘い匂ひをただよはしてゐる。名も知らない木の実なぞも熟れかかつて見える。さうした場景を想像する人々は好いキモチになるかも知れないが、道から道へ歩いてゆく間は、何時もそんなものを眺め乍ら歩いてはゐられない。ある村では縊死した人達もある。死ぬ位なら……その場景を見ると心は笑へなくなる。

夏になつて来た。そのうちそろそろこつちも引き上げたいとは思つてゐるが、凡ては未定だ。夏になるとサツコとヴアンゼツチのことを思ひ出す。この間サツコが子供にやつた手紙を見た。それにはイタリーの自然の中にお母さんを悲しませずに暮せと書いてあつた。野の花を摘んだり緑の木陰にやすんだり、川の辺を時々はたづねて暮すやうに書いてあつた。そしてお前達だけで幸福をさがし出さうとするなと書いてあつた。戦ふ時が来るだらう。戦ふ時、お前は父やバルトが戦つて倒れた事を思ひ出すだらう。だが我々は貧しい、我々はその事のみによつて自由と勝利を真に知ることが出来ると書いてあつた。

それから同じ欄に“Gary's advice to his heirs”といふのがあつた。妻や子供または子孫達につたへるやうに書いてあつた。お前達はどんな人間に対しても、人間は互ひに何等かの方法の下に結び合はさねばならぬ。正義のサインを忘れ合ふな。そのために今までに経験したことのない非常事に、または疑惑にまたは自己に計画に仕事にぶつかつても、怯へずに乗り越えてゆけ。どんな素晴しい安心のできる台の上でも、それら一切の借物は拒絶して行けと書いてあつた。

サツコとヴアンゼツチは偶然にも、余りに有名になり過ぎたと今は思ふ。何時かジヨー・ヒルといふ労働者が、牢獄でやられる前夜書いた「最後の意思」といふ詩の中にあつた、「ころがり行く石には苔がつかない」といふ一句が今ふと思ひ出された。

〔『文藝ビルデング』一九二九年七月号〕

先日、竹内てるよ詩集『叛く』といふのを草野心平からもらつた。草野と坂本七郎とがつくつた詩集だ。その中の「真実」といふ詩を幾回も読んだ。それから「幸」といふ詩を――。

断片

お前は空気へ砲弾を打ち込む　空気をけむがらせる　空気をギロチンでしめ×さうとし
お前はギロチンの縄を自分の首にしばりつけた
またお前は大海の水を絶滅せんとし　ぼんぼん砲弾を打ち込む　砲弾は水煙と共に底へ沈む
お前はギロチンを持ち出す　機械はおさへてゐた者と共に
波に根こそぎ引き廻されて手もなく沈む
自由と正義を砲弾で打ち砕き　ギロチンの上を血嘔吐でよごせたか
百の砲弾は命中した　だが命中しないことと同じことだ
ギロチンの縄は百さがつてゐても二百さがつてゐても同じことだ
どこが砕かれようが　どこがしばられようが　どこが目当にされようが
今日我々はひとしく笑ふ　全体で笑ふ

［『黒色戦線』一九二九年八月号］

詩雑感

如何なる芸術も何等かの傾向に属してゐる。そして何等かの社会的基礎の下に連鎖されてゐる。

我等の詩は、他の小説戯曲その他の芸術、哲学の概念と変つてはゐない。詩は只それらより、より多くの飛躍すべき感覚を持つてゐるに過ぎない。他の如何なる芸術よりも純化された内容をもつてゐねばならない事だけだ。それは何等の主義の下に創られる詩であつても変らない。立体派であり、未来派であり、表現派であり、ダダであり、構成派であつても。

僕は未来派以後の芸術を若き芸術と云ひたい。

それ以前の芸術家によつて豊沃な芸術が新しい光りをその時代に投じたと云ふことは事実である。

芸術的純粋の創造者としての彼等はまつたく偉大であつた。けれ共彼等は社会的移動も集団的意識も、さういふものは全然知らないでゐたと云つて好い。彼等のさうした貴族的エゴイズムは、むしろ社会意識によつての自己発見と云ふことを軽視してゐた。

彼等は封建的制度に圧迫されてゐても、資本主義的制度に圧迫されてゐようと、彼等の意識内にはそれに敵対するものは持つてなかつた。むしろ彼等は、その時々の社会の擁護者であつたに過ぎない。

つまり、彼等は少数者の味方として支配的階級に属してゐた。彼等の生活も芸術も、支配階級に属してゐると云ふことに何等の不思議も覚醒も持たなかつた。

さういふ事は、現在の新興芸術としての未来派、ダダ、構成派の芸術家に対しても言へる事ではあるが——またダダと構成派の芸術家は、彼等自ら芸術家と云ふ事を拒絶してゐるけれ共。

若き芸術家はすくなくとも現在において云ふなら、各自の個性を没却して統御してゐる支配階級の、少数者の壟断にまかせられない集団の個性、個々の個性の尊重に重きを置き、彼等古き芸術家の様に一種の権力讃美、支配的個人主義の謳歌をしない。

彼等を一種の国粋主義的芸術と見るなら、これは瞭らかに社会主義的芸術と云へるものである。

未来派は一種のフアッシズムの芸術として軍国主義の謳歌を盛んにして、最も君主思想を多分に持つてゐるけれ共。

未来派は若き力を与へた。立体派は未来派に対して、エネルギーの要素は僅かしか持つてゐなかつたが、より組織的容量《ボリューム》を持つた。

けれ共、まつたく若き芸術は表現派によつて初めて誕生せられたと云へる。表現派は社会の不安の動揺の中に生れて来た。表現派の作者は彼等自身甚だしく、ロマンチックな主観的なものであつたが、彼等の生存はプロレタリアートに強く刺戟されて来た。在来の象牙の高塔にゐたり、詩神と語るやうな事を何等意義のないものとした。けれ共未だ彼等は、彼等の嫌悪をした象牙の塔より立ち出でては勿論ゐなかつた。が彼等作者自身が、在来の芸術家がブルジョア的支配階級、何んにせよ上層的構成的分子であつたのに比して、これは智識階級として無産的智識階級者よりの芸術であつたからである。


表現派の後にダダが生れた。

ダダは無意識的構成であつた。

ダダの最も痛烈な飛躍は、謂ふ所のネオ・ダダを直ちに産む約束をもつてゐた。ネオ・ダダイズムと構成派の最初はある程度まで、その形態も精神も分別に苦しむ程である。

ダダは一種の瓦斯体だと云はれる。けれ共ネオ・ダダイズムは瓦斯体でない。確然たる意識の下に生きる。

現在の構成派は産業化をモツトウにしてゐる。彼等は芸術の絶滅を信じてゐる。最も意識的で科学的で建設的である。ネオ・ダダは最も意識的であるが、これは極端なる破壊的である。破壊即建設的であるとも言へる。

これらの芸術は、最大の眼目が社会的要素によつて決定される。そして、これらの芸術はすでにブルジョアや支配階級への脅威である。全然、これらは無産的智識階級者が、無産階級への握手融合の結果からである。

これらの芸術家も今の所未知数である。どれだけプロレタリアートへ貢献出来得るか！と云ふ事に対して。

〔『日本文藝』一九二九年八月号〕

詩に関する断片

1

尠い枚数だから随筆風に急いで簡単に書いてゆく。

プロレタリア詩はプロレタリアの意志する方向において決定される。これは単なる自由主義者であり便宜主義者でない、一つの社会観に立つてゐることを裏付ける。

プロレタリアは資本主義の攻勢の前に、自己に団体に階級に、何を意欲しつつ生活してゐるか？　生活してゐるかは、どんな対策を持ち組織を持ち理想に挫けないでゐるか、それらの各機構に接し触れて、どんな意欲が芽生え伸長し醱酵してゐるかである。

××し××する階級が階級として動き、実践するためには、如何なる用意周到なる微細なる点まで運動と方法とを持つてゐるか。それはプロレタリアにとつて残されてゐる疑問ではない。生活はそれ自身そこに展開されてゐるのだ。

それらは何を生み出すか。種々なるものを生み出す。詩もまたそこからスタートされるだらう。

2

如何なる詩も小説も背景に何等かの時代の動きをもつてゐる。それは作者個人が何等かの社会組織の連環に生きてゐるからだ。

プロレタリア詩はあきらかにその背景にプロレタリアを持つ。プロレタリアの進展する文化を持つ。プロレタリアとしての正しき社会現象を意識する。それを取り上げる。

3

社会観はブルヂヨア社会にもある。何れの者も社会観をもつてゐる。だがそれが如何に尖鋭化され清算され、正しくプロレタリアの道をコンクリートしてゆくものであるか、現在無産派においては三つ四つの社会観が対立してゐる。単にプロレタリアといふ言葉は、それ故、今日においては非常な漠然たる言葉である。ある者はある者に対して敵ですらあるからだ。

だが我々は飽くまで現実に生活してゐるプロレタリアを、権力や支配に仲間を踏み台にして焦つてゐる無産政治家でない所のプロレタリアをプロレタリアとしなければならない。プロレタリアの道はただプロレタリアの行く道自身であり、行かねばならない道であるからだ。

4

プロレタリアの生活は多面、多角において共和し刺戟し合ふ。然も大胆に勇気をもつてそれを進ましめる。

社会を最も広くかつ深く意識し経験するのもプロレタリアである。押しつぶす者に対する押しつぶされる者の心は、一に対する百を持つ程。

各生活は各生活に電流する。甘受の差なく押し迫る。薔薇の木には不思議なく薔薇の花が咲く。我々自身の内部の液体は、不思議なく我々だけの花を咲かせる。我々の影は正しく彼へ投影する。反映する。

彼が正直に悲しむことは我等の胸をかきむしるのである。彼の笑ひは我等を笑はせるのである。

我々は正しく現象を摑むことによつて、複雑性を統一することが出来る。それは各自の胸への最高の通信となるだらう。プロレタリアの詩はさういふ意味の通信を最大に持つだらう。

5

我々は我々に触れた事実を不可避に提示すべきである。如何なるものにも不可避の胸は断じて拒否することは出来ない。

我々の芸術において、今日現実的に不可避にまで高揚されるものはプロレタリアの詩において最高の水準を示す。

この不可避の声、それは叫びのみではあり得ない。だが叫びすら持たないものに、叫びが判る道理はないのである。内部的の叫びも表現的には冷くある時は熱く、平静にその圧縮力のカーブをもつて現はれるのである。叫びは咽喉でのみ生きるものではない。

混迷も錯雑も困苦も、我々の意志と体験にうちつけて「一切の現実に生きてゐる」その諸相によつて、我々は何物をも噛み砕く胸をもつてゐるであらう。それらは我々の詩のリズムを弾力あるものに鍛へるだらう。

6

確信ある生活を持つことはプロレタリアの第一の道である。確信なき生活、それは一切の廻り道であり脱線である。

「詩は何所にあるか?」それは確信の胸のみが答へられるのである。「詩はどこにもある」と。

確信ある自己は自主し得られる力である。指令をもつて動くのでなく、各自の信号によつて、よりよき道を発見して進みゆく個である。

これはまさに、次の党の文学が持つ技術に対立する。

7

「党に屈しない文学者を打倒せよ。超人文学者を打倒せよ。文学はプロレタリアートの全般的仕事の一部分とならなければならない。全労働者階級の階級意識あるすべての前衛によつて、運転される所の統一ある偉大なる××党の一つの車輪とネヂとならなければならない。」(レーニン)

この言葉は党が最大な勝利を得た国家においては妥当である。だが、現在日本は如何なる××的地点に位置してゐるか。××の進行は単なる合法性を押しつぶして××××所にある。まづ左翼民主主義者の××××党の主体は何所にあるか。「前衛によつて運転される」その前衛はどこにあるか。運転とはどこで成されてゐるのか。

プロレタリアの重要性はここにある。

合法的な文学職業者の職業組合に勝つ所の作家群。それが前衛のネヂとなり車輪となるのであるか。

前衛は常に自己の果敢なる行使によつて、種々なるものを取り入れてゐる。文学者は党の指令を嗅ぎつけてそれに追従してゐる。

文学を技術化して前衛や主体のネヂや車輪になる文学は、××前の如何なる国においても正当の役割りを果たすことは不可能なのである。その幾パーセントかの役割を哀れにも追従して、果たさしめ得ようともがく所の文学が宣伝文学なのである。前衛や主体は今日の文学なぞ熱心に求めないのである。その作者の不成熟な概念や検閲制度の鋏なぞによつて、ネヂにも車輪にもならないのである。

自己の自由なる行使の文学が、彼等の文学でありネヂにも車輪にもなるのである。

8

党の文学として宣伝文学がある。宣伝文学は党の政治の仕事として教化の一分野を受け持つ。党の指令を最もよく徹底せしむべく技術化する文学である。ひくい層へのABCの教化である。意識的に功利的に——。

だがプロレタリアの胸は公明に正大に瞭らかに開かれてゐるのである。とかく低いものを目安にしたものに、胸の血は踊らないのである。

技術は機械的生産に流れ易いと共に必ず流れるのである。量を多量に同一に生産するには技術は必要である。だが、複雑に深く多面なる根を土に入れてゐる前衛を慰し、プロレタリアの真実の目ざす心を慰め勇ましめるものは、鉄の鋳形にはめられた同一型の作品ではないのである。不可避に生きてゆく所にのみプロレタリアの車輪はネヂは拍車は自ら生れて来る。

9

それ故、プロレタリア詩は自己の清算と尖鋭化の上に立ち、プロレタリアの意志する方向を骨格として、種々の営養と支柱とをもつて築かれるだらう。昨日の古ぼけた趣味やカンマンなる情緒や、偏見や金箔や迷盲や冗慢や睡眠と別れてゆくだらう。あらゆる社会の現象をも営養として摂取し進むだらう。シュル・レアリズムをも大衆文芸をも新聞記事をも——。

正当なるプロレタリアの胸は正当に取棄選択《しゆしやせんたく》を成す力をもつてゐる。今日、プロレタリアの詩の現状は、それの正視に微笑み返すことが出来るか。その詩において、その新鮮において。

10

以上に自分は僅か許り覚え書き的なものを書いた。

あらゆる偏見を棄てて方向する意志の上から、どこにもある詩の材料をひろひ来る者こそ今日の我々の詩人であらう。然もその多角的存在を、我々は数多の詩人の上に特殊づけられて発見するのである。プロレタリア詩の現状はまさに多くの清算を経て来てゐる。広くなり深く鋭くなつて——。そしてあらゆる種類の笑ひと怒りとを種々の心腕〔ママ〕は押し出すであらう。

たとへば今日の竹内てるよの謄写版のうすい詩集『叛く』、鈴木茂雄の『窮乏』、木山捷平の『野』はそれらの要求を多分に満してくれる存在であらう。如何に彼等自身の、立ち上りと前進とがその中にあるかである。如何にこれらが単《〔ママ〕》的に粉飾がないかである。冗慢《〔ママ〕》性のなきことは最大の新鮮性である。然もこれらの詩が健康であることも明るい新鮮性を持つのである。

だが、これだけでその道は尽きるものではない。芸術は階級的の正義やその他道徳性が、一つの美にまで高められたものでなければならない。美こそ芸における最大な武器であるからだ。

だが、美とは？　それの答へは今日自分には成し得ない。それは美学の美ではないからだ。また偏つたものでもないからだ。ただ不可避の我々の状態がそれをはぐくみ生むだらう。我等を根広くするだらう。凡ての我々の意欲を綜合した上に咲くだらう。

今日、潑溂として活躍してゐる若き人々の僅かな名前を、ここに掲げてみよう。自分は只単に他人の名前をつらねることは快しとするものではないが――。

黄瀛、坂本七郎、横地正次郎、伊藤信吉、山本和夫、大江満雄、岩瀬正雄、森竹夫、神谷暢、金井新作、局清等の諸君。マルクス主義の位置にゐる田木繁、高木進二、窪川鶴次郎、米沢哲之輔、松田重遠、池田熊雄、高橋辰二等の諸君。

その他地方分布的には北海道、福島、群馬、静岡、九州等各地に詩人は自己の生活を基点に歌つてゐるが、さうした記事は今後にゆづる。

――（一九二九年八月一日）――

［『詩神』一九二九年九月号］

雑

俺はぎゆつと握りたい　ぎゆつと力を入れて握りつぶしたいと思つた
ねぢり上げて眖《みつ》めてゐたいと思つた
水兵服の断髪のふくらんだお前の肉体をも　学問をも　ごろつき性をも
また文化住宅にゐるお喋り共の男共をも女共をも一摑みに　握りつぶしてやりたいと思つた
じたばたする死をもバイ菌共をも握りつぶして来たこの手で

〔『第二』八号、一九二九年十月〕

雑

政府の許してゐる活字によつて旗ともなり喇叭ともなりバリケードともならうとした昨日
だが生活は活字をもノートもインキも必要しないものを盛つて毎日を行く
飢ゑにか　戦ひにか　それはどつちでも今日同じ言葉だ
ただ全線へ　全線へ

［『第二』八号、一九二九年十月］

雑

パンと水を兼ねない思想を思想するもの
それ故大跨に肉迫出来ない　どつちつかずの思想に腰を下ろしてゐる一人者
お前の家は病舎　お前は半病人

［『第二』八号、一九二九年十月］

雑

ある男女に
黙れ　人真似
黙れ　骨無し
黙れ　賄賂

［『第二』八号、一九二九年十月］

雑

うちこぼたれし
てつのあつせい
あらしのなかに
いつはりのてつさ
せいしをかけし友
かがやけるあす

とりでをすてて
ふみすすみゆかん
おたけびながれ
たちきるひびき
けふはきえても
めざしすすまん

[『第二』八号、一九二九年十月]

無題的断片

みんなが集まつてゐたのは村の荒れた広場でした。

石ころや草の上に腰かけてゐた人々の所へ相談をするために墨と筆とをもつて来た男に莚
　は四角に地べたに敷かれました。

「書きな　書きな」　みいんなは言ひました。

相談はそこにはなかつたのです　相談は腹の中で解決がついてゐたのでした。

その男は莚の上にまづ筆太に「命」と書きました。

その下に鎌の絵と椀の絵をならべました。

みいんな廻りから見てゐたが「よく判つたぞ」と言ひました。

みいんな腹を抉つて自分らの行くべき道を一すぢに知つたのです。

誰が骨太の肩にその旗をかついだか。

誰が青竹の先きを××落したか。

子供も年寄りも女達もどんな叫びを上げたか彼等が鉢巻をし農具や棒をもつて彼等の行く
　べき道にまつすぐに行つたか。

今日我々は解決のついてゐる決意を鈍らせず。我々の行く道に正しくゆるがず行きませう。只一すぢの道を我々だけが力を合はせて開鑿しませう。

〔『未踏地』六号、一九二九年十月〕

芸術断片

我々は今も生きてゐる。そして過去においても生きて来た、そして未来にも生きなければならない。我々は彼等の偽瞞を見、それに抗争して来た、更に現在において彼等の一切のクワイライを見てゐる、それに抗争しなければならない、我々の生きる道からそれらを放擲しなければならぬ。

我々の芸術はどこに生れるか、みなさうした中から生れて来る。只よく生き、よく闘ひ進んでゐるものの中からのみ生れて来る。彼等の理論は幾らでも押し曲るやうに出来て居る、事実いつも押し曲げてゐる。理論や政策はいくらでも卑屈になる事が出来る、けれ共、自己の生活力は幾ら押し曲げようとしても押し曲げられ得ない。「飢ゑ」は理論によつて満たす事が出来ない、「飢ゑ」を満たすものは我等の行為と創造のみである、我々の芸術はここに生れる。

我々は常に自己の発展をはかる、創造を尊ぶ、芸術を尊ぶ、自主と自立の生活を尊ぶ。我々はそれを得なければならぬ。それを得、それを押し進める力は、我々の云ふ「芸術」である。

我々は生活を押し進める上において、芸術がなければならないのである。

自己の発展が、その充実が芸術ではないか。自由の社界を欲求する念が芸術ではないか、自己と自己の堂々たる自由と正義から生れて来る相互扶助の「事実」が芸術ではないか。正義の激情が芸術ではないか、一切の自由を求める心が芸術でなくて、他の如何なる商品と御用の代弁が芸術で有り得よう。

芸術はすべて内から湧いて来る力だ。欲求の熱情である、欲求のない所に一切は無い、プロレタリアは一切の欲求をもつてゐる。痛烈にして血のにじむ、のつぴきならぬ欲求が、それらの生活を満たしてゐる。欲求は何を生むか？　自主と自立の闘争がそこへ生れるだらう。行動それが明確に芸術を代弁するであらう。

我々は断乎として芸術を読み知り、理論を読み知り、「ひさし」の下で卑屈な眼を輝かしてゐる化物を蹴破つて、その醜骸を白日の下に引きずり出して焼き棄てなくてはならぬ。彼等はダラ幹の走り小使であり、ダラ幹をねらうプロレタリアの「自主と自立の戦ひ」をかき散らすものである。プロレタリアの「自主と自立の戦ひ」を裏口から売り渡す敵である。

[『駝鳥』一九二九年十一月号]

断片

おれ達は黙つてお前をあたためてる
眠れないおれ達の膝の上にお前達を抱いて眠らせてゐる
おれ達は名もない親達だ
おれ達の頭には毛のついた帽子は上らない
死んでも棺桶の上に剣は乗らない
旗でまかれることもあるまい
新聞に書かれることもあるまい
俺達は黙々と無名のまま消えてゆく
だが名も無き仲間は綱になつて地平に生きてゐる
お前の友達はそこにたくさんゐるだらう
お前達の戦ひをお前達はそこで用意しろ！

［『南方詩人』創刊号、一九三〇年一月］

断片

生活は女でも酒でも詩でもごまかせなくなる
マンモスのやうに地を匐つて行く
マンモスのやうに首をもたげて行く

［『南方詩人』創刊号、一九三〇年一月］

同志黄一甫

泥々にぬかつてる道に
塩鮭の焼ける匂ひ
郊外の道を　お前を訪ねる心は熱い
乾物屋と湯屋の路次を曲り
腐つた沼のある空地の横
窓の下に塵芥箱のある家
お前の名刺がそこにある
お前の名刺は高橋安平
お前の本名は××××

俺の顔見るとお前の母と妻は優しい問ひをする
俺は答へながら内職の赤い紙の鎧をこしらへてゐる二人の指のあかぎれを見る
民夫少年の丸い顔の笑顔を見る

俺達は高橋安平に就いて
貧乏漫談をする
××××に就いて声をひそめて語る

お前の話が出ると
お前の老いたる母の眼は赤く熱す
妻の油気のない髪毛は逆立つてふるへる
筒つぽから出てゐる手はかしこまる
民夫少年の眼はじつと俺達の眼を見つめる

お前高橋安平
お前××××
俺はお前にたのまれたことをして来た
そしてお前は明日
お前は良き母に妻に少年にさよならをする

お前は嗅ぎ出されてから三年
余りひどい火の粉をふせぐため高橋安平の帽子を目深かにかぶつた
お前は例のふくみ声で「有難う」を云ふ
その笑顔が明日高橋安平となり××××となり更に黄一甫となる

「明日」はただ屍の上からのみ立ち上がるといふお前と民夫少年と俺と母と妻
お前の音信はこのぐるーぷをよろこばせる
中でも民夫少年はそれだけが楽《たのしみ》に待つてゐる
戦争にひつぱり出された少年
×河附近の戦争
労働者農民のストライキ写真
その中には民夫少年にも母にも妻にも俺にも似たやうな顔が現はれてゐる
この支那ぷろれたりあに俺らは兄弟の愛を送る

同志黄一甫
何んのその腕とアタマと胸とケイケンと
何んのお前があそこらをちよこちよこしてゐる奴にヘマな真似をさせるものか

同志黄一甫
お前の行動は驕れる胸を氷らしめ　冷えたる胸を熱せしむ
同志黄一甫
今後お前の音信が永遠に絶えてしまはうが我等が音信をやらなからうが
我等が生きてる限り　我等は各地に
我等の戦ひは世界への音信となるであらう。

〔『弾道』一九三〇年四月号〕

南葛を唄ふ

――大震災の時×××で×られた同村のSに――

南葛の夜は燃える、焼土に、
焼土に立つた工場と光るトタン屋根とナマコ板の塀とゴミの流れ寄つてゐる川と
煤と黒煙とぼいらあとを一つの夜に熔かして燃える。
帝都のただれた夜の灯を焼き返し燃える。

南葛の朝は未だ帝都の眠れるうちに目を醒す。
工場と住宅と道路と川と橋と地平の畑を明々と照す。

逞しい犠牲者×人はその空に立ちて微笑み語る。
その一人、わが若きS！

★

村に停車場と工場と道路が一度に設《し》かれ
新しく町の心臓が動かうとした時
蟻のやうに四方から百姓着のおやぢと女と娘と青年がとりついた。

俺達は流れの労働者や朝鮮人の男や女や子供と同じ部屋の中に寝ころんで
夜を煙草をふかし乍ら
焼けて叩かれてゐる鉄のやうに黙つてゐて語り合つた。

美しい青春の田は目をつぶつてゐる間に掘られ
其処へトロツコのレールが突き通り
まなごの山が出来て行つた。
鉄板の上でセメントが砂と礫にガシガシまぜられ
真つ黒けのひつきりなしうなる機関車のドキつい煙りが
黒い瓦斯のやうにそこら中におつかぶさつた。

女は工場　男は工事場　或は×線工夫
一日々々延びて線路も道も山の方へ頭をもたげて進んだ。

このドサクサの中で青春の肉は赤くびしびしと条《すぢ》ばつてふくれた。
××運動は地下的にのばされたが
鉄橋の上を五人も六人も並んで晴れた夜の星の下を歌を歌ひながら
あの急流の河瀬に和して市の×××につながれた。

目に見えない××がそこへ来た。
半×しの牛のやうに幾人の男や女が田圃や部屋や工事場でうなつて横たはつた。
仲間は四散した。
お前は村へ手を上げて別れ　南葛へ走つた。

★

南葛のドブの中を南葛のヒルのやうな××に血を吸はれたS！
赤い顔して虎のやうな血をもつてゐたS！
お前は南葛の友と南葛の土に埋つた。
そして南葛の昼と夜の鉄をも熔かす火の中に笑ひ乍ら語る。
（お前は最早俺達だけの友ではない

お前は世界の友で世界に語る。）

南葛の夜は燃える。音もなく強く
帝都のただれた夜を焼き返し燃える
南葛の朝は輝く
昨夜の灰燼を照し新しき万象を黒々と照す。
そして南葛の雨は熱く　埋めてゐた土を次第に流すであらう。
一日　一日と……。

［『詩神』一九三〇年五月号］

妻に来た手紙

ミルク会社に職工してゐてもそこの安い悪いミルクは子供に飲ましたくないのです
出来るなら私の乳

でも私にはお乳が出ません
会社は安く広告ばかりやつてゐるものだから
そのミルクを私達の友達の父親も母親も買ひ
赤んぼは何も知らずに飲んでればこそ
あの会社はあんな太い煙突と広い工場とみがかれた大きな機械の間に
私達四百人を散らばせて仕ふ〔ママ〕ことが出来るのです
あの乳を飲んだ子供が幾人生き伸びるでせうか
お乳の出ないうすい胸の母親や赤んぼは路次を泣いてうろついてゐるでせう

社長は代議士で奥様は伯爵の令嬢です

その家で飲む牛乳は郊外で東洋唯一の完備した搾乳場をもつてゐます
そこの広い運動場で社長の子供達は
青葉の影の馬場で馬に乗つてゐます

私達は一度社長の屋敷
山の手の宏大なる花剛〔ママ〕岩の門柱　鉄の扉のところに請願のゐるのを見て帰りました
だが明日　私達は
社長に資金の××に行きます
私達の貧困は都大路をうろつかせます
古びた安ものの洋傘を肩にして行く一隊を目にうかべて下さい
だが　この足並みが何を語りますか
その道は　あの人達には遊歩場でも私達には戦場への道です――。

俺からやる手紙

今日　君の妹が子供をおぶつて来た
ミルク会社につとめたが首になつたそうだ

今　独身でゐるが何んでもないんだと笑つてゐる
子供が三人　女の人が二人　俺が一人　一同散歩した
しばらく振りの散歩だ
畑には豆が実つてゐたち　菜つ葉が青い
君の冗談をまねてみんなは笑つて歩いた
木のある川辺に出た
木の葉はささやかに黄葉し　空は川に映つてゐた
白い野菊　野茨の赤い実　君は花が好きで雑草の匂ひが好きだつたね
君から来る検印の印のある手紙の文句がここらを動いてゐるやうに思へる
朝鮮のあれ　その中の君
３０８号！
我々は今ここをかうして歩つて笑つている
（明日どんな情報が胸と頭をうち挫かうとも什麽《どんな》はめがどたつと自分らの上にかぶさろらうとも）
仲間はみな覚悟の上で進んでゐる
だが新らしい音信は君の所へ鳩のやうに飛ぶ
鉄格子　鉄の窓と空

四角の重いコンクリートの壁
頑固な箱の中にもたれてゐる人間に（変な言草だが）
踏み凹んで曲つてゐる階段を毎日二回づつ歩く君の胸へ
まづ今日　次第に××の手が我々の上を特殊に這つてゐることは事実だ
それが何所から来る　何處へ行くか
判り切つた事だ　だから正反対に我々は元気でもあるし自分らを愛してもゐる
もう我々無名の大衆は次第〳〵に何んと云つても知るものを知つて来るからね
だが　それはそれだ
今日の便りは
君の妹と僕んとこと　小さなバリケードを築く便りだ
子供を背包つた二つの若い女の細い砲身が出来
二つの赤い女の小さな石がコンクリートされ行商したり写字するさうだ
この岩にかこまれてコドモは木刀や新聞紙の甲を冠つて暴れ廻るだらう
質素で無駄口がなく無邪気で明るいそして意地つぱりな彼女達の1日の終りの晩飯時を思
　ふ時
君も箱の中でにつと笑ひ出すだらう
近く彼女達は鳥打帽子も冠りゴムの長靴もはき髪の毛も切るだらう

お前の妹がお前の帰つて来るのをどんなに待つてゐるか
差入れとゲルトはみんなから来たのを集めて別便で送つたよ
公平にして無私なる戦いの君を誰が一日として忘れやう。

〔『民謡詩人』一九二九年十二月号。ただし後段の「俺からやる手紙」は、『黒色戦線』七号（一九二九年十二月）所収「普通な手紙」より一部改変のうえ流用〕

市ケ谷風景

お偉い方々の眼には市ケ谷刑務所も歪んで変てこな存在として宙に聳える
俺達には帝国大学とそんなに変つてうつらない
各工場も各職場も各学校もむしろ監獄より暗くいん惨と言へないか
物凄い部厚い灰色の壁
高々とめぐつてる下を通つてゆくと異様な悪臭と親しさと敬虔な心が起きて来る

俺の握つた札は十一号で手ヤニに光つてる
控所には髪毛のバサバサした女の背でキヤラメルをしやぶり乍ら肩を飴とよだれでよ
　ごしてゐる男の子供の赤い顔
断髪女　おめかけさんらしい女　男達のいろいろの眼が眺めてゐる
暗い胸を面会にワクワクさせてゐるらしく子供に語つてる女
俺は蝶や菊の花を愛してゐた古田君が此処でやられたのだナと思つてゐると
何んだか古田君のお墓参りに来た気がする

「十一号！」看守に呼ばれて入つてゆく
うす暗い金網の檻には襟に番号をつけたアキちやんの額がドアを開けるより此方を向いて
　立つてゐる
「アア！　よく来て呉れたナ　子供は達者か　何時東京へ来た？　差入れ有難う……」
互ひの肩を叩くやうな気になつて来る
檻の網の中まで手を入れて握りたくなる
にこにこ俺達は笑はないではゐられなくなる
内と外との消息がどんなにつらい事も可笑しげに語られる
「面会時間終り！」
アハハハ………
号令した看守がびつくりする程事もなげな笑ひが期せず互ひに噴き上がつた
言葉で語れない最大なものが胸底をうねつた

他の泣いたり吠えたりしてゐる面会所をよそに出て来れば
更に面会人の数は控室にあふれてゐる
友を夫を兄弟をここに送つて猶《なほ》平然たる明るい顔と

すつかり沈み込んで絶望的な心配を描いてる顔と
雑然たる囃し屋連とだまりやと変ちきりんな革命歌の鼻歌と……三等待合室とさうは変らない

高い何号舎　何号舎　無数の暗い室
ひばの木　受付のおやぢのもつさりした髯　鉄門　真鍮の大きな紋章　藤棚　四人の腰紐と看守の草鞋《わらぢ》履き
資本主義が当然たれた血の黒くなつた糞の一塊りを後に
かういふ所へは初めて来此処へ来た時はもう殺されるつもりで来たのが嬉しかつたと言つて×された大ちやんの事なぞを思ひ
決して資本主義はいつも甘いもんどころのものでない事を更に深められる
この建物の並立してる一番奥の中央にあると言ふギロチンに変な電熱を感じながら
大きな大ちやんの墓穴になつた市ケ谷を後に俺はだらだら坂を下つた
鉄壁を越えて来た白い蝶が俺の行く前をちらちら飛んだ。　何んの理由もないが
ちかごろ一度足を踏んでおかうと思つてゐた市ケ谷……。

［『詩神』一九三一年四月号］

生産本位の芸術より消費本位の芸術生産へ

自由芸術に関する二、三のノート。我々はそれに就いて長い間、断片的に語つて来てゐる。

「詩に限らずあらゆるものは、その製作の根柢を明日は変へて行かうとしてゐるのだ。資本主義全体が持つてゐる運動に迎合する、生産本位の位置によつてそれが成されるか、然らざる自分達の中に高く築く生産のよろこびを、互ひに受け持つてつくつて行かうとする、消費的生産を本位とする位置がとられてか？　この二つ！　これが今日以後に更に激しく行はれるであらう。そして詩も詩人も読者も製作者も、更に真実なものに近づく闘争が行はれるだらう。そしてこれは今日の現実である。」

かつて北川冬彦君がプロレタリア詩の貧困は何に起因するのだらうかと云ふ文章に対して、語つた事がある。「プロレタリアの詩の貧困は何に起因するのだらうか。これは我々の問ひである。そして我々は答へる。原因の一、先づ自分等の機関誌によつて発表する、詩壇的詩人でない事。伝記的人物になる事を常に警戒する。詩壇が寥々とならうが、角突き合はうが、問題はそこに重要なる発展を持たない事。原因の二、我等の位置は生長すれば生長する程弾圧される。それは各国共、等しい運命を持たされる。それ故、我等の真の詩がどういふ階級の××とパンの側についてゐるか。原因の三、詩壇そのものの存在は、それ自身合法性の下にかこまれてゐる。それは当然どういふ落着をするか。我々はあらゆる日和見を排除して、それ自身を潜行性と非誇張性に結びつけない限り、生活の推進を成す事は出来ない。結論として我等と詩壇の関係に起る貧困性は、我等が更に把握した生活を押し進める事が出来る以上、ますます『詩壇』そのものから完全に貧困性を現はすだらう。」「合法性の檻の中にゐるものは結局、切り花の境遇を持つより他に道がないだらう。」

以上の断片は昨年書かれた小論の中の一節である。余りにも断片的であるし素朴でもある。詩の技術論、構成論、音律論、さうした専門的な学問的な文章の中に於て、余りにも我々の成さんとする事や云はんとする事が、素朴である事は僕自ら余りにもよく知つてゐる。だが、今日我々が周囲に見る文章は、一つとして難解に且つ煩瑣ならざるは無い。

それ等は何を一体代弁してゐるのであるか！　枝葉から枝葉へ専門から専門へ分派から分派へ、其処にインテリの運動場をあからさまに見るに過ぎない。そして其処にまた資本主義の紙屑籠を乱雑に見るに過ぎない。何も我々は冷眼視するわけでも何でもない。現在のヂヤーナリズムはそれらのお歴々の紙屑籠でしかない。今日のプロレタリア芸術運動は如何か？　大学教授、大学生、経済学者、労働ブローカー其他を一くるめにして、華々しい政治的進出をなしてゐる。かかる盛観は我我の見聞においては、如何なる国にもその比を見ないのである。各国の「真の」プロレタリア芸術運動は、資本主義ヂヤーナリズムの舞台から惜しげもなく払ひ落されてゐるやうだ。

今日プロレタリア作家と云はれ、通俗作家と云はれる人々の、大衆の指導即ち宣伝のアテ込みや、金儲けの手段としての売込専門のアテ込みの作品行動は、その裏に何を隠蔽してゐるのか。多数者の無智な趣味を挑発させることと、読者以外の多数のプロレタリアを徒らに犠牲にさせて生活する手段でないか。この方便！　階級的にも何時までも妥協と屈服の余儀ない地位から退いて、より生活にも思想にも明日への密接な道を、正しく歩む事が成されなければならない。プロレタリアは飽く迄プロレタリア自身の手で成熟と発展を、その芸術をも最大の困難を通して、明日への拡充を成さなければならない。

我々はこれに就いて素朴に語らう。

我々は我々の仲間が或は我々が、書斎に葉巻と名誉をくはへてゐるお歴々を更に富ませるために、活字工や製本工となつて血を吐き乍ら、自分等には何等の役に立たない本をつくつてゐ乍ら、飢ゑてゐるといふことは我々に幸福な事か？　否？　だが、かかる不幸に就いて今日語る程、我々はセンチではない。かうした組織が芸術家を芸術製造人に化せしめ、徒らなる文字が製造せしめてゐるに過ぎない事実を知るのみである。

先づ我々は何んであるか？

我々の中、何人も自己及社会的生活に意識したものは、必然に自己の内部から何等かの意欲を摑んで来る。その意欲はまた自然に創造的（芸術的）なる形態を持つ。然しその種類も形式も同一ではないであらう。それを各自、自由に伸ばす事によつて結果として生じた場合の作品の上には、ある者は社会的なまたは個人的な傾向が生れ、種類としても家庭的な部類に入るもの、風景的、ニュース的種々であり得るだらう。我々はさうした事に平気である。更に小説、詩、形式、内容と云ふ小分類についても簡単な定義はあらう共、何等かの固定した定義の如きものは無い。それ故それ等を一くるめにした、一口に云ふ芸術運動と云ふものにも何等の限定を持たない。すべてはそこに其時に、たづさはる人々の意欲が自由に決定するに過ぎない。この自由なる意志によつて決定せられる以上、我々の中の一人がある者は労働者、ある者は農民であると云ふやうな、職場の差には何等関係しないで結ばれる事が出来る。根本は如何にしてその意欲を進展せしめるかであつて、仲間の顔の色や手の大きさや太さの職場別によつて分たれ得ないものだ。意欲が基点とされて結ばれる以上、我々は各自の性能、各自の感情を理解し互ひに無視し合はないで、より一個一個を認め合ふ事によつて、仲間一帯にわたる知能的、芸術的全般の欲望を満たすことによつて、我々はよろこびをもつてその遂行を成す事が出来るだらう。かかる場合、芸術感情の表現の変り方や、また趣味の異なる形なぞ元々問題とされべきものでない。詩をつくるつくらん、製本する製本せん、そんな問題は更に重要さを持たない。そこには各自が各自による、全体の仕事を仕上げる、ただ一つがあるだけだ。それは、作者も共同者も助言者も、植字工も製本工も、各自の能力に従つて共同の思想、全体に尊重の出来る作品なり行動なりを、つくり出す以外の何物でない。

それらが、更に全体の連絡をもつて各自が進むためには、常に各自の生活の根本を強めなければならないのだ。プロレタリア芸術として田園、工場の作品を得るによつても、我々は田園なり工場なりの生活を通してゐる作者のものでないならば、如何にして田園や工場の作品を表現し得ようかと云ふ、最も素朴なる一点を凝視する。土に対する愛、土より生ずるものに対する愛と云ふものに対して、どうして静観してゐる者や単に想像し得る事で、真実の作品がつくり得ようか!

お歴々とプロレタリアの根本的な差はここにあるのだ。プロレタリアから見た時、お歴々の優秀なる技術をもつて製作された、山のやうにある詩や画や小説やが一体何を表現してゐるか。そこには只、事実に対する不完全が残つてゐるに過ぎない。それは生活者から見る時、殆んど感傷的なものに過ぎない。プロレタリアの芸術は、常にこの不完全なる感傷的、粉飾的作品を排除して行く。

プロレタリアの動きは只、肝心かなめの一つだ。感情や不完全でお茶をにごすわけに行かない。されば、これが共同の尊重出来得るものを決定する場合も、決してあそびや媚びや粉飾等において成され得べくもない。問題は正しく提出される。

提出された問題はまた正しく検討されなければならない。そして意見が二つに別れる事がある。また等しき道を歩つてゐても、やや外貌を変へる程度の差異が出て来ることもある。それはそれで好い。かかる場合、多数をもつて少数を決定しない。別れるものは、別れた部につかねばならない。各自の興味を持つ事の出来る、自己の能力を充分に発揮出来る部につく事は、当然事であると共に正しい動きであるからだ。かく別れて事を為す場合に於ても、批判は互ひに丁寧に観察し合はねばならないだらう。その批判は別の場所にうつつたものに対する排撃ではない。各自に対する、より優秀なる作品なり行動なりをとつて貰ひたいがためである。

我々の欲望せんとする世界は多様性をもつてゐるし、我々の欲望も多様である。されば、かかるある種の異なつた形において、互ひに事が運ばれてゆく事は、我々の前途に何等の暗影を与へるものではないのである。人間はすべて同一型ではない。また成り得ない。むしろかかる多様性の発展は、進歩の重要なる第一歩であるのだ。方面は異なり種類は異なららうとも、如何なる方面種類に於ても、我々は特に熱心な欲望をもつて、それに進んでゆく男女を知るのである。我々はむしろ、それを望ましく思ふ者なのである。かく部を異にするやうな事があらうとも、一個体は全体の各部分であり全体なしには、一個体も完全であり得ないと云ふ事も各自知り得るのである。

今日文壇には共同製作といふやうな事が行はれてゐる。然しそれは小説をつくる上に於ての、材料の蒐集と各自の得意の描写を持ち合せたに過ぎない。つまり三人なら三人の製作は、三人寄つて文珠の知恵程度のもので、それ以上のものではない。一つの小説が曲りなりにも、そこへ出来上ればすでに用は済んだのである。だが我々の云ふ場合の共同製作は、更に製本に装幀に印刷に最上の努力をもつて、仲間全体に尊重される製作を成しとげるのである。一個人の製作に於ても、また二、三人の共同の製作の結果に於ても、多年の研究とか労作とか自分等に尊重出来得るものならば、自らの能力が働く事の出来る部において、そのつくり上げた喜びを持つだらう。

かかる厳密さを通してつくり上げられる単行本の頁は、現在本屋の店頭にうづたかくなつてゐるやうなムダな多数の頁をとらないだらう。肝心かなめのものによつて、充分必要に応じられるだけの頁数を持つに至るだらう。簡潔にして重要なものだけを語るやうになるだらう。それはブルヂヨア出版物の如く読者が金銭を払ひ、右から左へ読み捨てて顧みない程度のものではないからだ。消費的生産を本位とする場合、それは何よりも有力なるものは先づ読者であるからだ。今日の如き与へられたるものに対して、何等の疑惑も持ち得ないやうな盲目的読者ではないからだ。

かかる歩みは今日すでに動いてゐるのだ。我々はそれに就いて僅かなる報告をする事が出来る。

北海道釧路根釧原野のI君の詩集『移住民』は、前橋の学校社で原稿の選択装幀をし、静岡の芋畑社が印刷機を買ひ入れたので、芋畑社が百姓の忙しい合間に約半歳の後刷り上げたのである。それが各地の友人達に配布され、批評号は友人総出で執筆し、鹿児島の南方詩人社で出版した。そこには凡て報酬問題で事が運ばれてゐない。各自に出版の喜びを別けもつてゐたのである。六郷町の病めるT君の『叛く』は前橋と八王子の第二社で出来上り、矢張り『移住民』同様、南方詩人社で批評とよろこびの号を出した。ごく最近に出版された北海道のS君の『種薯』にせよ、千葉のI君の『泥』と云ふ詩集でも、それは作者個人の意志のみでなく、彼等が集まつてゐるグループの人々の意志が、それを促して出版の運びに至らしめてゐるのである。

単行本の出版はそれ位にして、雑誌類の発行の中で静岡の農民小学校社の謄写版雑誌は、綴ぢはいつも自分の接した限りでは一本の藁である。その一本の藁は穂がついてゐる時があつた。その穂の所には「今年もこのために悩むのか！」と云ふやうな事が書かれたり、穂のない時にその先のもののために何時もみじめで、血を流してゐるのだ等と書かれてあつた時がある。表紙には開いた手や、足の裏に墨を黒々とぬつて押されてある。それにはまめのあとまで判る。この朗らかさは、決してヂヤーナリズムの中に住む芸術の持ち得る所のものでない。その野放図もない平然さ！

また千葉の馬社の謄写の雑誌は、文章欄の組みは一頁四十九字詰三十一行、約千五百十九字が丹念にハッキリと鉄筆の跡も瑞々しく書かれてゐるのである。これ等の二十頁から四十頁止まりである時には、約四万から五万の字を多忙の収穫時でも何んでも鉄筆を握つて書くと云ふことは、そもそも何を内在させるものがあるからか。字数によつて我々は特に驚くのではないけれ共、それらの労力が労力でなく、少ない仲間の中にくばつてゐるその中味のものが我々を熱くさせるのだ。

およそ、かうした集まりは日本に幾つ位あるか、僕には明瞭《はつきり》したことを云ふ必要もまた無いやうに思ふが、全国的には相当の数に上ることを知つてゐる。只彼等は、芸術なりそれらに似た事にせよ、絶対に特殊的存在としてそれらを摑んでゐない事だ。今日、我々の周囲に充ちてゐる特殊的存在、職業的存在かかるものが持つてゐる価値と、絶対の反極にある事を知つてゐるのである。

かく彼等が、今日騒がしきヂヤーナリズムを後に置くことは、彼等が深く自己と社会の根源にその基点を置くからだ。然して、今日のプロレタリア作家と云はれる一団の中間的存在が、大多数の読者の劣情にすがつて混沌としてゐる時、欲求を欲求として正しく受け与へる連絡を持つ事は、プロレタリアが自らの手によつて明日に進む、その一つの激しき羽搏きではないか。

彼等は何と云つてゐるか？

今日、大学教授や経済学者が、我々農民や労働者には難解にして煩瑣なる理論を、すべて生あたたかく述べ立つてゐる。だが、かかる「知識」がないならば、我々の生活は拡充出来ないか？　明日の確信を把握出来ないか？　それは理論家のペテンに過ぎない。社会のすべての事実は、その底において簡単明瞭に分れてゐる。その根本のみを認識する事によつて、我々は一切の解決を成す事が出来る。

我々は欲するからつくるのである。我々の勝利は我々を完全に先づ充すことによつて始まる！　生産本位の過剰、単一の機械的多量生産より、消費本位の精選された多様の形式と内容をもつた、様式に生活に行動に明日の姿をおぼろげながら我々は見るのである。

（一九三一、一月）

〔『詩神』一九三一年四月号〕

春浅き日の死

宇佐見五郎に

五郎兄《ごろに》いに初めて会つた時五郎兄いは手に繃帯をして首からつつてゐた
僕は世田ケ谷の家に頭や手足に繃帯をし全身に重くうづく打撲に寝てゐた
二度目に会つたのは下北沢の「×××」を訪ねた時だ
僕等はしつぺをかけて雨戸を引いた部屋で花札をやり　笑ひ遊んだ事がある
五郎兄いの月余にあまる繃帯をとつた手には物凄いむくれ上がつた傷跡が脈うつてゐた
五郎兄いを思ふと何時も仲間の中に一点　はつきりと白い繃帯を首からつつた姿が思はれた

それから四年目
今年の厳寒はシヤツから突き通つた
東京の街巷を七寸の大雪がうづめた
寒烈な風は凍つて溶けない上を吹き通した

二月に上京してゐた俺の耳に五郎兄いの死が都会の雑音の底から風のやうに
何処へ行つても微かに強い響きをもつて打つた

「外苑で凍死してゐた！」
「××署で死体になつてゐた！」

五郎兄いはふところに労働手帳を持つてゐた
それは仲間のS君の名儀〔ママ〕のものであつた
S君が出頭してはじめて五郎兄いの死顔《しにがほ》に逢つたのであつた
五郎兄いは急性××とかで血を吐いて××署に呼吸を引きとつたのだと云ふ
我々はそれを一先づ信じて置かう
だが五郎兄いは最早その頭の中に我々を思ふ力もないし　その手にピストルを握る力もないのだ

五郎兄いが飛び出した養家先きに仲間が通知しに行つたら
厄介者が片づいたと云ふやうに「ふん」と云つておやぢさんは将棋の手を止めなかつたと云ふ

五郎兄ぃは僅かな同志の心からなる手で荼毘にふされた
ねむれ　五郎兄ぃ！
生半可でない最後の一線を強く行く仲間の死こそ我等の胸を悲しみに凍らせる

五郎兄ぃが持つてゐた労働手帳は
その前日の大雪を朝未だくらきうちにアスファルトの道路を掃除させ
僅かの小銭をつかませたらう
この労働手帳群の中に五郎兄ぃの眼はどんなに開かれどんな呼吸をしてゐたか
この頃の五郎兄ぃは身体がむくんでゐたと云ふ
あの慓悍な五郎兄ぃがたほれるまで
有形無形の無数の障害と圧迫の底に引いて来た血の一線は何を語るか

よし　五郎兄ぃの死が野たれ死《じに》であらうともその死は裏切者ののたれ死ではない
拷問　牢獄　絞首台　のたれ死
そのいづれも資本主義が獲物をまつて最前線に設いておく鉄条網なのだ
そこへ焼きつけられる事はいづれも我々の胸をかきむしる事であるけれ共
またいづれもが正しき不屈の戦ひに進みし者のみの最高の座でなくて何んだらう

五郎兄ぃよ　ねむれ！
厳寒の底により農村や都会失業者が正しき一点を見つめる時
我々は死生をかけての生活を生きてゐた一人の仲間を失つたのだ
未だ春浅く二十五歳にもならない同志を……

〔『詩・現実』一九三一年五月号〕

自己への断片

「最近の自己を語れ」といふ種類に対しては、今までもお断りしてゐた。現在、僕は都会にくらべて甚だしく特殊的な田舎に生活を置いてゐる。それに僕自身が語らんとしまた語りつつある事は、生活の上における実際の上だけの事で、僕等全体をひつくるめてゐる実際の問題は、一個人だけを語る事がゆるされない。多くの人々はやたらに問題にされては困る人であり、別に他からとや角と生活を問題視されることを嫌ふ人々である。

まつたく一九三一年の秋になつて、農村は寂として声を呑んでゐる。ある何物かの恐怖の前に立ちすくんで、その巨大なるものに直面してゐる畏怖の如き状態である。何物かをはらみ、嵐の直前の如き深い無風的状態にある。この間にあつて当面にせまつてゐる種々なる事実は、僕のここに語るべくには余りに複雑してゐる。事実はペンによつて何物も解決し得る如き問題よりも、更に更に進んで奥にその身を吸ひつけてゐる。訴へる方法もあらう。然し訴へる事によつても問題は解決が出来得ない。更にフクザツ化してゐるのだ。現在においては訴へる事よりも、その事実を逆におほひかくしておかねばならぬ状態にさへなつてゐる。

我々は自己を語るために、現在においては語ることは即行動によつて代へられなければならないのである。行動では語られても、口にペンに語らるべきではない。その状態が今日の只一つ残されてゐる事実なのだ。僕は詩の一行も愛するが、更に生活の上に引いてゆく一行々々の実在に強い責任と愛を持つ。

只、僕の最近の生活のハシクレに詩集『断片』が出た事である。この一冊が出るまでは、粒々たると云ふ形容にふさはしい「我々自身達」の協力のかたまりから成された。その結果がそれに正しくむくい得られるか如何か。これがここに至るまでの実際はも少し時日がたつ時において、如何にして我々は成されてゐるかが何人かによつて書かれるであらうが、今日においてはこの事実をすら語る事が保留されねばならないのである。

〔『詩人時代』一九三一年十二月号〕

桑株にしばりつけろ

桑は消えてしまひさうになつてゐるのに今年の蚕はどうなる
夜はまぶしをおらねばならん
桑の根ほじつたり肥料せねばならん金はどこにある
金なんてお笑ひ草だ
逆さにふつてもあつたらごかつさいだ
こちとら生きる道はもう途絶えとる
方向変へにやならん
腰にさした鎌はダテにはさしてはおらん
肩の鍬はダテにはかつがん
文句は知らんが生きる道は知つとる
本気に道開かにやならん
本気に廻りぎ前に進まにやならん
選挙にさはぎ廻つとる奴等が何知つとるものか

食へんがどうしただ
食へんなんてことは今初まつた事ぢやない
バカ共の首にひもつけて
桑株にしばりつけろ
よし　おらにながれてる血がどこを流れてるか
見てもらはにやならん日がある
必ずある。

［『自由聯合新聞』一九三二年二月］

もうろくづきん［初出版］

今年の暮れは正月が来るのに餅のかざりも出来ぬ暮し
五十を山に暮しおやぢが家出をする。
出稼ぎとは話が好すぎる

「達者でのう」
「達者でのう」
寄ってきた隣り近所のもうろくづきんにかこまれて、
五十のおやぢは野良着をぬぎ首からつるしたさしこの手袋をはづし
押入れから年に幾度も着ない胴着に身ごしらえする。

たほたほした毛の馬はもうろくづきんのおやぢに引かれて馬小舎から庭に出る
畑に麦ふみに出かける足を休めて近所の女達はやはり厚ぽたい黒い布をかぶって見送る
小さな子供等もやはり目だけ出してもうろくをかぶって立ってゐる

切《せつ》ない者等は障子のかげや冷い爐ばたにちぢかまり
「行って来て呉んろ」と言ってゐる。
「うん、うん」
陽に焼けたひげ面だけ出して野良股引にまとひつくキモノのしりをはしる。

「達者でのう」
「達者でのう」
たくさんの女や男のもうろくが立ってゐた
「後はのう」
「後はのう」
たくさんのもうろくが言った
おやぢはひげ面だけ動かし声を呑んで黙ってゐた

おやぢともうろくの一団が畑向ふの坂に別れ　おやぢが坂道に消えた時
「たのんまあす！」といふど太い声がみなの頭をつき貫いた。
その声は
冬になるともうろくづきんに筒袖半纏

氷る暗い四時には肩にふとんを当て生木かつぎ出しにゆくその肩に何んとひびいたか
雪風に吹かれつゝ　松葉かくそのひび割れた太い手に何んとひびいたか
夜は荒繩綯ふそのこはばったてのひらに何んとひびいたか

もうろく達はつむじ風のやうに
おやぢの後を追って行った。

一九三一年十二月

「もうろくづきん」＝厚ぼたい木綿の紺や黒の頭布兼襟巻。冬になると私の生れた地方は百姓はこれを唯一の防寒具とする。雪の日なぞも傘も持たずもうろくの上に雪をつもらせて馬を引いたり車を引いたりしてゆく。

〔『クロポトキンを中心にした藝術の研究』第一号、一九三二年六月。改稿して『文学評論』第一号（一九三四年三月）に再掲。本稿は前者より〕

帰郷日記

赤城の山角を間近に見　傾斜地にさしかゝる
生れた家に十年ぶりに帰った

年老ひた母のあとから俺は家へ入った
座敷の欄間　柱　帯戸　みな古新聞の目ばりのあと
少年時代ほねも白かった障子には兄貴達が村々でやった演壇に下げたビラが貼られ　文字
　もありありと書かれたままである
俺はその障子によりかかって涙が出た
俺はその障子の前で組合や自治体の話や　話にならぬ生活を語る兄貴の顔の皺を見た
四十近くなって潑溂となって来た兄貴を前に　俺は彼が問ふままに答へた
松葉たく煙りは家中にたちこめ

うどんをつくる母や妹や女達はケイサツからの噂さに花を咲かせる
彼女等はその中にたどって来た生活を語らうとしてゐるのだ
十年間一二度の音信であった俺は　黙ってそれを聞いてゐる

古い大きな戸棚は光る　おれは少年時代を思ひ出した
その戸棚に砂糖の瓶があったことや
布につつまれた父の財布があってそこから金を出してゐたことや
母が駄菓子なぞをそこの箱から出して呉れたのを
学校から帰るとすぐその戸棚をさぐった少年時代を

おれは古い庭の松　垣根　くだものの木を十年前の写真版を見る如く見た
庭石の苔　古い屋根に咲いた草
だが俺は一切の懐古を口に出さなかった
おれは十年を昨日一日のごとく思ってそれらの前に立った
おれは兄貴達がつくってゐる田や畑を見るためにゴム底タビをはいた
だが俺は生れた家にのうのうとしてゐられなかった

おれにはおれの仕事があり妻子に対する仕事がありその他の仕事がひかへ
おれはわらぢばきで自転車に乗って共に赤土の断層の下をめぐり
谷川の橋を越へ
浅間の降灰をかぶってゐる熊笹の坂をのぼってゆく彼等とも語るものを持った

筒袖半纏の彼等は「よう　来やんした」おれはその逞ましい響きをまづ胸に受ける
庭から座敷に集ってゐる黒い頭を見て俺はおどる胸を持つ
歳月の腐食はここには無い
歳月の成長がここにはあった

俺は帰りの坂から古びた樹木や藪のなかの村を見た
傾斜地に生えてゐる草や木は苔のやうに見えた
過ぎ去った十年の腐食はくづれかゝる家々の上に更に濃く増してゐるのを俺はそこから見た。

〔『クロポトキンを中心にした藝術の研究』第二号、一九三二年八月〕

附録

日比谷

萩原恭次郎

強烈な四角
鎖と鐵火と術策
軍隊と貴金と勳章と名譽
高く　高く　高く　高く　高く　高く
聳える
首都中央地點——日比谷

屈折した空間

無限の陥穽と埋没
新らしい智識使役人夫の墓地

高く　高く　高く　高く　高く　より高く　より高く

高い建築と建築の暗間
殺戮と虐使と嚙争

高く　高や　高く　高く　高く　高く　高く

動く　動く　動く　動く　動く　動く　動く

日比谷

彼は行く
彼は行く

凡てを前方に
彼の手には彼自身の鍵
虚無な笑ひ
刺戟的な貨幣の踊り
彼は行く

點

默々と――**墓場**――永劫の埋沒へ！
最後の舞踊と美酒
頂點と焦點
高く 高く 高く 高く 高く 高く 高く聳へる尖塔！
彼は行く　一人！
彼は行く　一人！

日比谷

［「日比谷」初出版、『日本詩人』一九二五年十月号所収］

日　比　谷

强烈な四角
　鎖と鐵火と術策
　　軍隊と貴金と勳章と名譽
高く　高く　高く　高く　高く　高く聳える
首都中央地点——日比谷
屈折した空間
　　無限の陷穽と埋沒
　　新しい智識使役人夫の墓地
高く　高く　高く　高く　高く　より高く　より高く
　高い建築と建築の暗間
　　殺戮と虐使と嚙爭
高く　高く　高く　高く　高く　高く　高く
**　動く　動く　動く　動く　動く　動く　動く**

日　比　谷

彼は行く——
彼は行く——
凡てを前方に
彼の手には彼自身の鍵
虚無な笑ひ
刺戟的な貨幣の踊り
彼は行く——
點
默々と——墓場——永劫の埋沒へ
最後の舞踏と美酒
頂點と焦點
高く　高く　高く　高く　高く　高く聳える尖塔
彼は行く　一人！
彼は行く　一人！
日比谷

［「日比谷」、『死刑宣告』長隆舍書店（一九二五年十月）所収］

萩原恭次郎　略年譜

1899年
五月二三日、群馬県勢多郡南橘村大字日輪寺に、農業を営む萩原森三郎、だいの次男として誕生。

1902年（3歳）
一一月、雑貨商を営む金井ソウ（父森三郎の叔母）の養子となる。

1912年（13歳）……天皇睦仁没、改元。
四月、群馬県立前橋中学校に入学。以後の在学中に文学に目覚め、しだいに散文や短歌、詩の投稿が盛んになり、三年次には留年する。

1918年（19歳）……米騒動。ドイツ降伏。東大新人会結成。
一月、『新生』を創刊。三月、前橋中学校を卒業するが、進路について親と争い家出。六月、県庁に勤務（八月まで）。

1919年（20歳）……三・一事件。ヴェルサイユ条約締結。
四月、徴兵検査を受け丙種合格。前橋の教会でロシア語を学ぶ。

1920年（21歳）……日本初のメーデー。日本社会主義同盟成立。
四月、上毛貯蓄銀行細ケ沢支店に就職。一〇月、上京し、未来派の詩人平戸廉吉を知る。萩原朔太郎の知遇を得る。

1921年（22歳）……原敬首相暗殺。皇太子裕仁摂政就任。
九月、『炬火』創刊に参加。『種蒔く人』同人の小牧近江、宮嶋資夫らを知る。

1922年（23歳）……全国水平社結成。非合法に日本共産党が結党。
九月頃、銀行を退職。養母に無断で上京し、駒込千駄木町に下宿する。出版社正光社に就職。

1923年（24歳）……関東大震災。大杉栄、伊藤野枝ら虐殺。虎ノ門事件。
一月、壺井繁治、岡本潤、川崎長太郎と『赤と黒』創刊（〜5号まで）。七月、『赤と黒』『鎖』『感覚革命』三誌合同で詩の展覧会を白山上の南天堂などで開催。九月、関東大震災で自警団に襲われた朝鮮人をかばう。

1924年（25歳）……英・伊がソヴィエト政権を承認。伊総選挙でファシスト党が勝利。
一月、植田ちよと結婚。七月、村山知義らの『マヴォ』創刊、四号から同人として参加。一〇月、『ダムダム』創刊。定職がなく、南天堂で友人たちと乱酔。

1925年（26歳）……ラジオ放送開始。貴族院で治安維持法、普通選挙法が成立。
一〇月、第一詩集『死刑宣告』を長隆舎書店より刊行。同書の出版記念会が都内や神戸で開催される。

1926年（27歳）……朴烈、金子文子に死刑判決。天皇嘉仁没、改元。円本時代到来。
一月、生活に行き詰まり家族を解散、帰郷する。二月、『死刑宣告』第二版刊。群馬で上毛詩人会を結成。六月、家族で上京。

1927年（28歳）……昭和金融恐慌。兵役法公布。
一月、『文藝解放』創刊（〜一一号）。九月、『バリケード』創刊。一二月、マルクス主義への転向を表明した壺井繁治が黒色青年連盟員に襲撃される。

1928年（29歳）……三・一五事件。張作霖爆殺事件。パリ不戦条約締結。
六月、『黒旗は進む』創刊（一号のみ）。

1929年（30歳）……山本宣治暗殺事件。四・一六事件。世界恐慌開始。

一月、一家で帰郷。養家の雑貨屋を営みつつ、多くの媒体に精力的に執筆する。

1931年（32歳）……三月事件。柳条湖事件。十月事件。金輸出禁止。

一月、草野心平、小野十三郎との共訳『アメリカプロレタリヤ詩集』を弾道社から刊行。四月、群馬県下の詩歌人による『全線』創刊。六月、伊藤和の詩が不敬罪等に問われ、裁判の証人として千葉裁判所に出廷。一〇月、第二詩集『断片』を溪文社より刊行。

1932年（33歳）……桜田門事件。第一次上海事変。満洲国建国を宣言。

六月、個人誌『クロポトキンを中心にした藝術の研究』創刊（〜四号まで）。

1933年（34歳）……ナチスが政権を獲得。国際連盟脱退を通告。三陸地方震災。

上石倉の隣保班伍長、衛生組合長などを務め、農民自治に関心を深める。警察の監視が強まる。

1934年年（35歳）……日本プロレタリア作家同盟解体。陸軍パンフレット配布開始。

六月、陸軍関東特別大演習による県外追放を避けるために煥呼堂書店入社。

１９３５年（36歳）……………国体明徴声明。永田鉄山暗殺事件。日本ペンクラブ発足。

一一月、『コスモス』を叢文閣より創刊（一号のみ）。同月、日本無政府共産党事件の関係者として検挙されるが「関係ナシ」として釈放。

１９３７年（38歳）……………盧溝橋事件。日独伊三国防共協定。南京大虐殺。人民戦線事件。

二月、「萩原朔太郎を歓迎する会」が前橋で開催され、朔太郎、保田與重郎らと過ごす。

１９３８年（39歳）……………第三次モスクワ裁判。国家総動員法公布。日本軍、武漢三鎮占領。

一一月二二日、溶血性貧血のため自宅で死去。二三日、葬儀。法名は宝積院哲茂恭謳居士。

１９４０年（没後2年）……………日独伊三国軍事同盟。大政翼賛会発足。内閣情報局設置。

一一月、『萩原恭次郎詩集』が報国社より刊行。

〔『生誕百年記念　萩原恭次郎とその時代』展図録

（土屋文明記念文学館、一九九九年六月）所収「萩原恭次郎略年譜（石山幸弘作製）」を参考とした〕

詩集　断片を評す

萩原恭次郎君の近著

萩原朔太郎

明白に言つて、僕は今の詩壇に飽き飽きして居る。どこにも真の創造がなく、どこにも真の情熱がない。若い元気のある連中ですらが、時代の無風帯に巻きこまれて仮睡して居る。多少の覇気をもつてる人々は、皮相なジャーナリズムに追蹤して、紙屑みたいな機智《ういつと》文学を書いて居るし、もつと融通の利かない奴等は、刺激の無くなつた昔の詩材を、同じ退屈の自由詩でくどくどと繰返してゐるにすぎない。「新しさ」といふことすらが、今の詩壇では全く消耗してしまつたのだ。ただ或る多くの似而非詩人等が、「新しさ」の意味を気障な「気取り」と混同し、流行服のシイク気取りで、浮薄な得意を感じて居るだけの現象である。「新しさ」の本当の意味は、一つの破壊的熱情であり、創造への力強い意志に存して居るのだけれども、そんな巨人的な意志に本質して居る詩人はどこにも居ない。すべての詩壇的現象は「空無」である。

かうしたナンセンスの時代に於て、最近僕は一つのがつちりした、稀れに内容の充実した好詩集を見た。即ち萩原恭次郎君の新書『断片』である。最近の詩壇を通じて、僕はこれほどガツシリした、精神のある、本当の詩の書いてある詩集を見たことがない。この詩集に書いてるものは、シイクボーイの気障な流行意匠でもなく、蒸し返した自由詩のぬらぬらした詠嘆でもない。これは一つの沈痛した――その精神の中へ鉄をハガネをねじこまれた――巨重な人間意志の歪力である。表現を通じて、言葉がその「新しさの仕掛け」を呼んでゐる。言語はぶしつけに、ねじまげられて、乱暴に書きなぐられてゐる。しかも力強く、きびきびとして、弾力と緊張とに充たされて居る。すくなくとも詩のスタイルとフオルムの上で、『断片』は一つの新しい創造を啓発した。本来言語に緊張を欠き、ぬらぬらとしてだらしのない現代日本の口語を以て殆どやや過去の文章語に近いほどの弾力と緊張とを示したことで、最初に先ずこの詩集の価値をあげ、恭次郎君の芸術的功績を賞頌せねばならないのである。

　かつてダダイズムの詩集『死刑宣告』を書いて以来、恭次郎君は久しく郷里の田舎に隠退して居た、あのアナアキズムの没落や、それの悲運に伴ふ同志の四散やが、おそらくは君の心境に影深い衝動《しょつく》をあたへた。そして一人で田舎にかくれ、静かな孤独生活を続けて居た。かつて昔、外部に向つてヒステリカルに爆発してゐたところの、あの一種の虚無的テロリストの情熱は、田舎の孤独な生活からして、次第に君の内部に向ひ、魂の深奥な秘密に対して、静かな冥想の目を向けるようになって来た。そして今や、君の本当の「詩」を意識して来た。それはヒステリカルの興奮でなく、より内奥な意志をもつところの、静かな、美しい、真の芸術的な憤怒であり、そしてその怒を書くところの抒情詩だつた。

詩集『断片』は、決して所謂プロレタリア詩の類種ではない。それはもつと芸術的で、高い美の精神をもつたところの別の種類の詩集である。（といふ意味は、それが「政治のための手段」でなく、真の「芸術のための芸術」であり、美を目的とする創造であることを指してるのである。）僕は所謂アナアキストではないけれども、詩集『断片』に現はれてる著者の思想と心境には、全部残りなく同感できる。なぜなら此所には、世俗の所謂プロレタリア詩に類型するところの、あの常識的な社会意識や争闘意識やの、「概念」がなく、真の人間性に普遍しているところの、真の内奥的な意志や感情やがあるからである。そして勿論、真に芸術と言はれる者は、決して「概念」――その中にイデオロギイも含まれている――によつて書かれはしない。

詩集『死刑宣告』に現はれた萩原君は、甚だしくデカダン的退廃の魂を持つたところの、暗黒絶望の薄ぎたないニヒリストだつた。然るに『断片』に於ける萩原君は、むしろ一個の悲壮なる英雄として、気品の高い崇高な風貌を以て示されて居る。それは運命の逆圧された悲劇の中で、あらゆる苦悩に反撥しつつ、苦悩に向つて戦を挑むところの、人間意志の最も悲壮な英雄詩を本質して居る。（その限りに於て、僕がかつてニイチェから受けた強い刺激を、同じやうに萩原君の詩から受けた。）

恭次郎君の詩人的特性には、或る種の妙にひんまがつた、冷酷で意地の悪い、歪んだ力のユニイクな反撥がある。この一種の歪力が昔から一貫して、君の詩の特色を風貌づけ、且つその点で特殊な魅力を持つたのであるが、今度の『断片』に於てもまた、それが詩的情操の重心となり、バネのよく利いてるネジのやうに、詩の情感性をぎりぎりとよく引きしめて居る。この特殊な意地の悪さ、惨虐性、ひん曲つた意志の歪み、それが恭次郎君の場合に於ては、すべての芸術的機関部になつて居るのである。恭次郎君の場合に於ては、すべての抒情詩的なものも、すべての英雄詩的なものも、皆この一つの機関部から動力されて居る。その点について見れば、前の『死刑宣告』も今度の『断片』も、結局同じ一人の詩人が書いた、同じ一つの特殊作品に外ならない。

萩原恭次郎君と僕とは、偶然にも同じ上州の地に生れ、しかもまた同じ前橋の町に生れた。多くの未知の人々は、しばしば誤つて僕等二人を肉親の兄弟だと思つてゐる。それほどにも偶然の故郷を一にした我々二人は、芸術上に於ても、多少また何等か共通の点がないでもない。前の『死刑宣告』の詩的本質から、かつて僕はその一部の共通を感じて居たが、今度の『断片』を読んでもまた、同じく或る点で共通を発見し、芸術的兄弟としての親愛を一層深めた所以である。最後に再度繰返して、僕は詩集『断片』の価値を裏書きしておく。今の若い詩壇と詩人が、もしこの詩集の価値を認めず、理解することが出来なかつたら、この上もはや、僕は何物をも彼等に求めず、一切を絶望して引退するのみである。

［『詩と人生』一九三二年三月号］

解説にかえて

萩原恭次郎といえば、『死刑宣告』だ。その実践された「芸術の革命」の価値は不滅である。表現の最前衛にして早すぎたパンクス。近現代に生まれた最高の詩書として本書を選ぶひともいるだろう。が、しかし、萩原恭次郎はこの第一詩集だけの存在なのか。後年のファシズムへの傾斜もまたよく指摘されるが、それだけなのか。いや、そうではないことを証明するために、本書は生まれた。

ここでは、一九三一年十月に刊行された萩原恭次郎の第二詩集『断片』にくわえ、その収録作とほぼ同時期、一九二六年から三二年までのあいだに書かれた詩やエッセイのなかから、断片的なもの、モティーフをおなじくするものを選んだ。結果的に『断片』本編に倍する分量になったが、それでも少なからぬ作品は収録を見送った。本書を「断片集成」のような作品集にしたかったためだが、この一冊を通読すれば、アヴァンギャルド／アナキスト詩人の思想、モティーフや足跡をたどることができるよう、選択には意を払った。それに『萩原恭次郎全集』（全三巻、静地社、一九八〇〜八二年）未収録の詩篇一片、ヴァリアント一片のほか、参考として代表作「日比谷」を二種（『日本詩人』初出版と第一詩集『死刑宣告』収録版でいずれも一九二五年十月発行)、そして有名な萩原朔太郎による『断片』評を附した。萩原恭次郎そのひとのごくおおまかな歩みについては、「略年譜」に依られたい。

『断片』が生まれるまで

『死刑宣告』の魅力は、語って尽きることがない。詩のテクストだけでいえば、はたしてその本当の意味を理解し解釈できているか、読者それぞれの自由に委ねられるが、これまでさまざまに論じられてきたように、『死刑宣告』の魅力はそれだけではない。この本が造本もふくむ協働によって成立しているからだ。

一九二五年十月に長隆舎書店から刊行された『死刑宣告』は、菊判函入並製本文一九二ページ。初刊本を入手しようとすると、いまではサラリーマンの初任給数カ月分はするが、さいわい日本近代文学館による原本に忠実な復刻版が古書で安価に入手可能だ。ひとめみて現在ではにわかに複製不可能な造本であることが特徴的なこの詩集を手にして、本表紙につづく化粧扉をめくると、「序」や「目次」に先立って目に飛び込むのが、「挿画製作者及目次」と記された協働者たちの氏名である。写真版、凸版、リノカットの担当者として、村山知義、柳瀬正夢、岡田龍夫、牧壽夫、イワノフ・スミヤノヴィッチ(住谷磐根)、矢橋公麿、戸田達雄、高見澤路直から、ロシア構成主義のウラジミール・タトリン、萩原恭次郎自身まで、雑誌『MAVO』同人を中心にのべ十九名が列記されていて圧倒される。

とりわけ「印刷術の立体的断面」と題した跋文を寄稿している岡田龍夫の功績は大きく、リノリウム版画を多用して複製や再現を拒む暴力的でダイナミックな造本、装釘、誌面構成、版面は、岡田をこの詩集の共著者と呼びたくなる類いのものである(『死刑宣告』に先立って同じ長隆舎書店から刊行されたエルンスト・トルラー+村山知義訳『燕の書』は、表紙に「Murayama: Okada」と記載されている)。未来派やダダ、構成主義の影響を受けているとはいえ、これほどまでに物体《モノ／ブツ》としての魅力が、そこに記述された詩作品と一体となりつつ氾濫し炸裂する本は、出版史上けっして多くはないだろう。同志や友人たちとの協働の産物である『死刑宣告』一巻は、作品単位への分解や断片化を拒絶するのである。

その名もまさに『断片』と命名された恭次郎の第二にして生前最後の詩集は、第一詩集から六年を経た一九三一年に世に出ることとなった。造本は、前作とうってかわって簡素そのものである。A5判並製七六ページ。表紙にボルトのカットが描かれている以外は函やカバーなど付属せず、書名と著者名の書体をのぞくと、なんの装飾もない。もしこれを「純粋造本」と呼ぶことができるとすれば、みごとに純粋である。

『断片』の成立過程については、神谷暢「詩集『断片』が出来るまで」(『萩原恭次郎の世界』所収、萩原恭次郎全詩集刊行委員会、一九六八年七月)、秋山清「ききがき『溪文社』」(『あるアナキズムの系譜』所収、冬樹社、一九七三年六月)などにくわしい。以下は神谷の回想である。

昭和六年の秋のある昼過ぎであった。彼〔恭次郎〕は風呂敷包みから『断片』の原稿を出して「是非これを作ってもらいたい。表紙にはボルトのカットをつけてくれ給え。ぼくの希望はそれだけで、あとは君にまかせるから、たのむ。」と言って、その夜は泊った。

〔……〕翌朝、恭次郎君は『断片』製作の一切をぼくにまかして、前橋へ帰えった。その後『断片』が出来上るまでに、一度だけ前橋から出てきたように憶えている。材料費は恭次郎君が置いていった。〔……〕

それから、じきに『断片』作成にとりかかった。活字、印刷機その他印刷に必要な一切のものは、淀橋の西山勇太郎君の所に置いてもらっていたから、赤堤から淀橋通いがはじまった。〔……〕万年床の敷いてある暗い部屋で、昼でも電灯をつけて仕事をしなければならなかった。活字をひろって、組んで、それを小さい手きんで一頁ずつ印刷していった。出来上がりの厚みが出るようにとの希望もあったから、厚つぼったい、色のきたない「ちけん紙」に刷った。何から何まで一人でやっていたので、一日かかって、わずかしか出来なかった。〔……〕

出来上がってみると、ゴワゴワしていて、開いて見るのに、見にくいものになってしまった。はじめは糸かがりで製本してもらうつもりでいた。それなら、本文の紙が、こわばっていても、すっかり開いて見れるから。ところが、小さい製本屋さんであったのと、刷り方がまちがった、というより、手きんで一頁ずつ刷ったので、糸かがりにできないとの理由で、上から針金どめにしてしまったから、まことにまずいものになってしまった――というわけである。

しかし、いろいろの不満もあったとはいえ、出来上ったときは、何んとも言えぬうれしさだった。真白い表紙の汚れるのを恐れながら、梱包して前橋へ送った。折返し恭次郎君から、よろこびの手紙を受取って、安心した。

〔……〕私は、いま詩集『断片』を持っていないので、一層なつかしさを覚える。あの燃える心で『断片』を作った三十数年前を昨日のようにも近く感じられる。

このように、第二詩集『断片』は、多くの協働者をもち、過剰なまでの装飾で満たされた第一詩集とはまったく異なる方法論で製作された。

じっさいのところ、この回想が具体的に伝えているように、こうして完成した『断片』初刊本は、本をノドまで開こうとすると、綴じられた針金からページが剥離するのを覚悟せざるを得ず、詩集の造本としては、ふつうならありえない。恭次郎が跋文を寄せ、『死刑宣告』と同時期に刊行された萩原朔太郎の『郷土望景詩』(新潮社、一九二五年八月、四六判上製九六ページ、糸かがり綴じ)のように、ページ数は少ないが厚みをもった造本をめざしたのだろう。しかしこの『断片』は、「われわれの出版物は、われわれの手で作ろう!」

（神谷暢「『溪文社』事始」、『風信』第二冊所収、一九六八年十二月）と、相互扶助や共同体を志向したひとりのアナキスト詩人にして出版者が、友人の助力を得ながら世に出したものだ。この造本の扱いにくさが、かえって著者の怒りや幻滅そのままでもあるかのような不思議な魅力を放つ本になっている。

ちなみに、当時のサラリーマンの初任給を七〇円ほどとすれば、一円八十銭の『死刑宣告』は現在の貨幣価値で約五〇〇〇円、五十銭の『断片』は約一五〇〇円となる。

『死刑宣告』から『断片』へ

一九二〇年ごろから短歌や抒情詩を発表しはじめた萩原恭次郎が世上にその名を知らしめたのは、一九二三年一月に壺井繁治、岡本潤、川崎長太郎と創刊した雑誌『赤と黒』によってだった。創刊号の表紙で「詩とは爆弾」であり、自分たちを「黒き犯人」と規定したことで知られるこの雑誌は、同年五月に刊行された第四輯で、「時代に遅れた自由詩人は再び起てない！　気持悪い下手クソの自由詩の倒壊の年である。あらゆる反感！　あらゆる反逆を、あらゆる革命を古い自由詩人に注げ！」（「赤と黒運動第一宣言」）と既成詩人たちを否定し、ギロチンにかけたまさにその直後、九月一日に関東大震災に遭遇し、文字通り古い世界観は「倒壊」した。

『赤と黒』は翌二四年六月に号外（通巻五号）を出して終刊となるが、翌七月に、ドイツ帰りの村山知義や尾形亀之助、柳瀬正夢らによる『MAVO』が創刊されると、恭次郎は第四号から同人となり、十月には『赤と黒』の後継誌と目された『ダムダム』が創刊される。アナキストの陀田勘助（本書に収録した「TOBACCO の袋に書いて山本勘助に送る詩」の山本勘助＝山本忠平の筆名）たちの雑誌『鎖』が、『感覚革命』『悍馬』と合併して新たに『無産詩人』となったのも、『MAVO』とおなじく七月だ。十一月には村山知義『現在の藝術と未来の藝術』が長隆舎書店から発売され、十二月にはゲオルク・カイザー原作『朝から夜中まで』が、その村山による「構成派舞台装置」を用いて築地小劇場で上演される。一九二五年一月、前述のエルンスト・トルラー『燕の書』が村山訳で刊行され、村山、岡田や萩原恭次郎らが「都市動力建設同盟」（NNK）を結成し……と、文学のみならず、演劇や美術、建築をふくむ「綜合芸術」としての「芸術の革命」の狂奔の坩堝に、恭次郎の『死刑宣告』もまた投じられたのだった。

もちろん、この関東大震災をはさんで着火した「芸術の革命」が、警察や民間人による朝鮮人の大量虐殺、大杉榮夫妻およびその甥の虐殺、平澤計七ら社会主義者たちを虐殺した亀戸事件、中国人留学生の王希天虐殺、朴烈と金子文子の検束および死刑判決、難波大助による摂政宮裕仁狙撃事件、さらに山東出兵にいたるまで、天皇制国家による無数の暴力と死を背景としていたことは、本書にあっても強調しておかねばならないだろう。『死刑宣告』という書名に反映されているように、この暴力と死をどう乗り越えるか、そのうえでどうやって社会を変革すればいいのかが、アナキストであれマルキストであれ、かれら表現者にとっての最大の課題となった。

いまさら繰り返すまでもなく、関東大震災は、近代日本の資本主義経済が直面したはじめての危機だった。この震災では当時の国家予算のほぼ三倍にあたる四十五億円強の損害を出したとされるが、これだけの金額をどう捻出するかが、復興にあたって喫緊の問題となった。しかし、第一次大戦期の戦時好況から一転して戦後不況となったさいに抱えていた不良債権にくわえ、震災によって支払い不可能となった膨大ないわゆる「震災手形」もまた不良債権化したことで金融不安が煽られ、一九二七年の昭和金融恐慌を招く。つづく一九二九年にはじまる世界恐慌のあおりを受けてなお深刻化するこの不況を打開するための方策が、一九三一年九月の満洲事変であり、翌年三月の満洲国建国である。三三年三月の昭和三陸地震は、とりわけ東北地方の恐慌に追い打ちをかけた。

ここからはじまる「十五年戦争」の萌芽は、関東大震災直後の復興計画と東北をはじめとする第一次産業地域の壊滅的な不況のなかに、すでに芽生えていたのである。――本書に収録した萩原恭次郎の足跡もまた、この七年ほどの時間にぴったり重ねあわせられる。

その一時期のあいだに、「芸術の革命」から「革命の（ための）芸術」へと社会変革を担おうとした表現者たちは、政治思想上の対立からいくつもの内部批判と分裂を繰り返した。『種蒔く人』から『文藝戦線』へと受け継がれたプロレタリア文学は、レーニンの目的意識論を芸術運動に応用した青野季吉の論考「自然成長と目的意識」（『文藝戦線』一九二六年九月号）によって、アナキストを排除することになった。そのアナキストのなかからも、恭次郎の同志であり友人であった壺井繁治や陀田勘助（山本忠平）らがマルクス主義に転向する。残されたアナキストたちも、労働組合による直接行動を基盤としたアナルコ・サンジカリズム派と、組織を否定し創造的暴力を主張したいわゆる純正アナキズム派とに大きく分裂し、アナキズム芸術運動も党派的な分裂と再結集を繰り返す。『文藝解放』から『単騎』『矛盾』『黒色戦線』『黒戦』『バリケード』『弾道』『アナーキズム文学』『解放文化』など多くのアナキズム系の媒体が誕生し（ては消え）、純正アナキストたちと近しかった萩原恭次郎みずからも『黒旗は進む』（一九二八年六月、一号のみ）や『クロポトキンを中心にした藝術の研究』（一九三二年六月、四号まで）を創刊するなど、離散集合する一連のアナキズム文化運動の一翼を担ったのだが――「昨日の友も次第〳〵に別れて今日は敵となる」（「断片12」）。この一時期そのものが、断片化されていたのだ。

本書に、詩集『断片』のみならず、全体の三分の二以上を占める数々の「断片」群を収録したのは、だからひとつには、震災以後の都市と農村の歴史的位置を問うことが――少なくとも意識しておくことが――病没する一九三八年に「亜細亜に巨人あり」と歌うことになる詩人の全体像を解き明かすことにもなるのでは、ということ。もうひとつには、いわば前衛文化の頂点を極めた『死刑宣告』以後の、それだけに早すぎた後退戦を、萩原恭次郎の表現がいかに闘わなければならなかったのか、ということ。この二点にかかわる。これらの断片群によって、震災後の歴史とアナキズム運動との双方の視座から詩集『断片』の深度を測ろうというのが本書の目論見であり、サブタイトルを、「1926-1932」とした理由でもある。

おなじ前橋出身の詩人萩原朔太郎は、『死刑宣告』が世に出る直前の段階で、すでに萩原恭次郎の個性を以下のように指摘している。「詩に現はれたる恭次郎は、義憤家であるよりもダダイストである。熱情家であるよりもカンシヤク家である。彼は破壊への勇気をもつ。けれども尚創造への力を欠いてゐる。この一つの力が彼に湧くとき、本当に未来の詩壇が芽生えるだらう」(『日本詩人』一九二五年七月号)。

いっぽう、反権力芸術運動の研究でも大きな業績を残したアナキストの秋山清は、『断片』を目して「緊張感にすぐれた詩集ではあるが、その『断片』の時代を、もちろん私は恭次郎の詩のピークとは見ない。〔……〕はじめにいったように、『死刑宣告』の時期とならべてその詩集のもう一つのピークは個人雑誌『クロポトキンを中心にした芸術の研究』のときからやや緩慢につづく彼の晩年の時期である」と述べている(「彼はいつ死んだ」、前掲『萩原恭次郎の世界』所収)。

これらは現在でも主流となっている評価のようだが、萩原恭次郎を「『断片』の詩人」として読むことによって『死刑宣告』はその破壊的前衛性がきわだつのであり、また天皇制ファシズムを全面に打ち出した「亜細亜に巨人あり」を考えるためにも、『断片』と同時期の断片群の読みかえが必要ではないか。そういう紐帯としての詩集『断片』を新たに発見してみたいのである。

「無言」の思想

序詩および1から59までの算用数字でナンバリングされた計六十片、四部構成からなる詩集『断片』のテーマは、大きく「家族と自分」「アナキズム、社会変革運動」「自分と世界」の三つに大別できそうだ。もちろんこれらのテーマがはっきり区分けされているわけではなく、四部がテーマ別に分けられていることもない。相互に浸透しあいつつ、いっけんランダムに配列されている。

「断片に対するメモ」（本書六二頁）によれば、「断片は一九二二《〔ママ〕》年―一九三〇《〔ママ〕》年の間に散逸的に書かれているもので第一部は七八年前のものである」というが、『萩原恭次郎全集』第一巻の校訂によれば、半数近くの二十四片の初出掲載誌紙がブランクになっている。その後の調査で初出が判明した作品もあるのだろうが、製作年が震災以前の一九二二年にまでさかのぼるものもあれば、書き下ろしも含まれているのかもしれない（一九二二年の標記は「昭和二年」との混同か？）。判明している限りでは、『若草』一九二七年二月号に掲載された「1」「2」を最古とし、『詩神』一九三一年四月号に掲載された「39」を最新に、「58」（初出『詩・現實』一九三〇年二月号）までは、おおむね一九二九年から三〇年にかけての作品で、時系列に配列されている。ただし最後の「59」は少し古く、『新興文学』一九二八年三月号が初出となっている。すなわちこの詩集は、

乳は石のやうになつて出ない
一かけのパンも食べない子供等にかこまれて
目の前に迫つてゐる母よ
あなたは涙は出切つた
あなたは別の人になつた
あなたは戦ふ人になつて行く

という「断片1」ではじまり、

僕は君が生れた時隣の部屋で
夢中になつて君の母の苦しみを聞きながら原稿を書いてゐた
だつて僕はその時金が一文もなかつたから
僕は原稿を書き終へたら君は生れた

と書き出される「断片59」で閉じるので、妻と子のいる家庭への責任と運動や表現活動との桎梏が、いらだたしげに最初と最後でリンクする連環構造となっている、と読むことができるかもしれない。

なにより本編にいたるまえに、本書の冒頭を飾る「序詩」を目にしたときのインパクトが強烈である。

無言が胸の中を唸つてゐる
行為で語れないならばその胸が張り裂けても黙つてゐろ
腐つた勝利に鼻はまがる

（傍点引用者）

このわずか三行の勁さ。しかしこれだけを読むと、いったい何がここまで作者の鼻をまげさせるのか判然としない。国家権力や社会が対象なのか、あるいはなにか他のものにたいしてなのか。本書が直情的な精神のドキュメントであるとはいえ、紙面が燃え立つようなこの瞋恚の原因について、読者は立ち止まって考えざるを得ない。この詩集は一貫してこんな調子なのだ。

「4」（初出不明）では、和田久太郎とともに大杉榮の復讐を試みようとして獄死したアナキスト村木源次郎への、つづく「5」(『詩神』一九二七年九月号)では「古き同志」への弔辞が歌われる。「49」(『第二』第六号、一九二九年七月)では当時の日本で高く評価されていたイタリアのアナキスト、エリコ・マラテスタの日常が活写される(本書に収録した「市ヶ谷風景」はギロチン社のテロリスト、古田大次郎への悼歌でもある)。しかしそうした同志への愛や信頼以上に目立つのが、袂を分かった「昨日の友」たちへの呪詛ともとれる言葉の数々だ。とりわけ第二部以降に顕著だが、なかでも「16」(『南方詩人』第一号、一九三〇年一月)は、そうした断片中でももっとも沸点の高い詩篇ではないか。最初の五行に描かれた「者」たちが、「無言にして血みどろの者」(傍点引用者)へと結晶し凝縮してゆくことによって、人間存在の確かさをくっきりと描き出すことになっている。

百の言葉をつらねて一つの事より逃げた者よ
一つの言葉だけを発して黙つてゐる者よ
言葉を発せず肉体と意志を馳つて
無言の土に抱かれ帰つて睡りし者よ
真に鎖づけられた生活の中より立つて生活し行きし者よ
無言にして血みどろの者
汝こそ　我等に輝く。

『死刑宣告』にも「卑怯者」と題する断片的な作品が収録されているが、語る対象が異なるとはいえ、両者では詩法がまったく別人のように変化していることがわかる。

ねぢ切れた時計の指針は
虚無を指してゐる
俺が時間も金も凡て棄てた後
女は男に向つて怒つた
「あなたは臆病で嘘付きです!
腹の底の嘘を吐き出しなさい!　卑怯者!」
●俺は真実だ!　俺は真実だ!
●俺は蜜蜂のやうに
●周囲をとび廻るよりない

『断片』にいたっては、比喩や修飾をむしり取り、本質的に必要な言葉だけを用いて、ピッケルで胸に穴を穿つかのように読者に逃げる余地を与えない。『死刑宣告』という詩集の魅力の一つでもあった意味性の解体や余白が、ここではまったくかき消されてしまうのだ。これはもはやアヴァンギャルドではない。しかし、だからといって、『断片』がこれまで指摘されてきたような多義化や抽象化を避けたリアリズムであるかというと、そうではない。意味性の解体や余白が、別の詩的表現となってここには描かれているのだ。

詩集『断片』のユニークさは、この「16」の直後に出現する。つづく「17」(『黒色戦線』一九二九年八月号)から継起する水=液体のイメージのあざやかさに着目してほしい。それは「18」(初出不明)に連なり、「19」(『第二』第八号、一九二九年一〇月)で「欲望」へと媒質転換されると、「20」(同)で文字となって滾《たぎ》る。

海のやうな量の中に小さい鼓動が刻まれてゐるのだ
知らぬ間にあたたまりゆく海水があつたのだ
その水が沸騰するやうに熱して来たのだ
何時の間にか手も指し込めなくなつてゐるのだ。

この四行詩も、いったい何について語られているのか、ほとんど象徴の域に達していて、具体的にはわかりにくい。わからないわけではないが、解釈の余地を大幅に残す。しかし、なにものかの誕生を示唆しつつ、内側と外側との境界で静かに暴発せんばかりの浸透圧差が読者に緊張を強いるこの断片は、「序詩」で扉を開いた本詩集のモティーフ「無言」に、音と言葉を与えているように思えてならない。ここには『死刑宣告』にみられた「アウアウ」「ヰーン」「ヅドン」といった擬音はいっさい出現しない。それに頼るのではないのにもかかわらず、「鼓動」「刻む」「あたたまりゆく」「沸騰するやうに」「熱して」という単語の奥底から、読者には「無言」という音と、それを書きあらわす「言葉」が響いてきはしないか。本来発せられるはずのない「無言」の「音」が発せられた瞬間というべきか、あるいは「序詩」から共振をはじめた「無言」が「生」を産んだというべきか。この表現にいたる断片のつらなりこそ、詩的アヴァンギャルドの極みから同志たちとの離合集散を経て、言葉と文字の断崖に追い詰められた詩人の行き着いた先であり、これもまた他の模倣をゆるさない、社会運動の渦中から独自に獲得された表象世界なのである。

萩原恭次郎は、『詩神』一九二八年十二月号に掲載された「詩に関する断片」という比較的長い詩論のなかで尾形亀之助を論じながら、「コンデンスすることが詩人の才能である」と語っている。

「リズムを持つといふことが詩人の素質である。コンデンスされることと、リズムをつたへるといふことによつて、芸術の第一の本質はうがちするゑられる」（本書一一九頁）。

この本人の言をそのまま採用すれば、連作集『断片』は凝縮《コンデンス》の実践であり、ここにはアナキズム芸術のひとつのピークとしての「無言の思想」の達成がある、といっては過褒にすぎるだろうか。

『断片』以後

萩原恭次郎の足跡を考えるとき、従来、(一)初期の短歌や抒情詩の時代、(二)『赤と黒』『死刑宣告』に代表される「黒き犯人」前後、(三)しばしば「沈滞の時代」とされる『断片』の前後、そして(四)一九三二年六月に恭次郎が発行した個人誌『クロポトキンを中心にした藝術の研究』第一号に掲載された農民詩「もうろくづきん」以後没するまで、と区分されてきた。しかし、本書ではあえてこの「もうろくづきん」とそれに続いて同誌第二号(同年八月)に掲載された「帰郷日記」までを収録することで、この枠を少しだけ後ろに延長し、一九三二年末までを『断片』前後の最後尾に位置づけてみたい。

というのは、一九三二年三月の満洲国建国から五・一五事件、ドイツ総選挙でのナチスの勝利(八月)、非合法日本共産党の最終局面を思わせる党員によるギャング事件や熱海での弾圧(いずれも十月)など、時代を劃期する大きな事件がこの年にあいついだこともあるが、郷里前橋での生活の一端を描いた「もうろくづきん」「帰郷日記」の二篇までを視野に入れることによって、恭次郎の詩作の一貫性なり連続性なりが、よりくっきりと浮かび上がる、と考えたためである。なぜなら、ここにこそアヴァンギャルド/モダニズムのひとつの帰結を見ないわけにはいかないからである。そのことを考えるうえでの一例として、『死刑宣告』に収録されたアヴァンギャルド詩のなかでも代表作とされる「日比谷」からふりかえってみたい。

本書には、『日本詩人』一九二五年十月号掲載の「日比谷」初出版（本書二一六頁）と『死刑宣告』収録版（同二二〇頁）の二種を「附録」として収めたが、ならべてみて驚くのは、『死刑宣告』という「物語」から切り離された「日比谷」よりも、初出テクストのほうがよりダイナミックかつ前衛的な誌面構成になっていることだろう。これは詩集『死刑宣告』収録作のあまりにも強固な一回性＝再現不可能性を考えるうえでも興味深い。

それはともかく、この詩「日比谷」は、都市の遠景のなかでちっぽけな「彼」と、首府の中心街を構成する高層建築との対比が活字の書体や級数によって表現されていてドラマチックなのだが、では、いったいこの「彼」とはどこから来て、どこへゆくのだろうか？

「彼は行く　一人」と歌われる「彼」とはなにものなのだろうか？

そしてもういちど『断片』に視線をもどすと、詩片の最後に収録された（しかしこのなかでは比較的初期に書かれた）「59」は、郷里との絶縁の物語でもある。

〔……〕
だが　君は生れて
父の生れた土地へも行かない
母の生れた土地へも行かない

両方とも僕達をきらつてゐるのさ
僕はどつちへも通知しない
然しそんな事が何んだ
君はここの所から出発すればいゝんだ
何物も怖れるな
勇敢なるかつ誠実なる戦ひの旗を
僕は死ぬまで君のために振るよ。

「ここの所から出発」しなければならないのは、このとき誕生した「君」ではなく、父と母のほうである。この父と母は、郷里を棄てて都心の一隅で売文をしてしか生きることができない生活であるところへ、「君」が生まれた。つまり、この「父」こそが帰る場所を持たず、行き場をもたないまま都市を彷徨する「日比谷」の「一人」の後年の姿だとはいえないか。この「父」も「彼」も、ひとしく農村から都市部へ出郷してきた「大衆」の、孤立した「一人」の姿なのである。

しかし、その「父」や「彼」には、本当に行き場がなかったわけではなかった。転向と和解のプロセスさえ経ることができれば、帰る場所をもっていた。

赤城の山角を間近に見　傾斜地にさしかゝる
生れた家に十年ぶりに帰った

年老ひた母のあとから俺は家へ入った
座敷の欄間　柱　帯戸　みな古新聞の目ばりのあと
少年時代ほねも白かった障子には兄貴達が村々でやった演壇に下げたビラが貼られ
　文字もありありと書かれたままである
俺はその障子によりかかって涙が出た
俺はその障子の前で組合や自治体の話や　話にならぬ生活を語る兄貴の顔の皺を見た
〔……〕
だが俺は生れた家にのうのうとしてゐられなかった
おれにはおれの仕事があり妻子に対する仕事がありその他の仕事がひかへ
おれはわらぢばきで自転車に乗って共に赤土の断層の下をめぐり
谷川の橋を越へ
浅間の降灰をかぶってゐる熊笹の坂をのぼってゆく彼等とも語るものを持った
〔……〕
歳月の腐食はここには無い

歳月の成長がここにはあった

俺は帰りの坂から古びた樹木や藪のなかの村を見た
傾斜地に生えてゐる草や木は苔のやうに見えた
過ぎ去った十年の腐食はくづれかゝる家々の上に更に濃く増してゐるのを俺はそこから見た。

（「帰郷日記」）

「歳月の腐食はここには無い」といい、「歳月の成長がここにはあった」という。つまり「腐食」でしかなく「成長」のない都市での生活を経た「一人」が、ついに「語るものを持った」（傍点引用者）。ここでかれはもはや「無言」ではない。

絶縁した郷里への帰還は、『死刑宣告』の文体を放棄することでもあったろう。「涙」とともに「座敷の欄間　柱　帯戸　みな古新聞の目ばりのあと／少年時代ほねも白かった障子」を目にして、はたしてそれらの建具や調度に、都心の高層ビルの影を、もしくはあの「日比谷」の文体を、映じることができたのだろうか？　というより、そもそも萩原恭次郎のキャリアは、農民詩（というより農村詩）ではじまっていた。あの「黒き犯人」を宣言した雑誌『赤と黒』ですら、当初のかれは農村を歌っていたのだ。そんな詩人が都心での生活を棄てて郷里で生きることを選択し、語るものを発見したとすれば、はたしてなにを歌うことができるのだろう？

乱暴にいえば、このとき世界の超克を試みた日本のアヴァンギャルド詩の実験は、天皇制を頂点とする農本思想に敗北したのである。詩は——アヴァンギャルドは、この農村の現実（なるもの）を生きる人びとにとって有用なのか。関東大震災以後の地方を襲った恐慌にもとめられていたものとはなんだったのか。もし「語るもの」に「意味」をもとめるとすれば、「強烈な四角／鎖と鉄火と術策／軍隊と基金と勲章と名誉」と書き出される詩「日比谷」からは、そのおよそ十年後に自分たちの生地を救うために蹶起し、帝都を占拠することになる農村出身の青年将校や兵士たちの騒擾もまた想起せずにはいられない。「日比谷」の「彼」と天皇に神をみた兵士たちとは、数歳ちがいのほぼ同世代だろう。後《のち》の「日比谷」の歴史を生きてみることによって、はじめて恭次郎にとってのアヴァンギャルドなりアナキズムなりの意味が問われることになる。イタリア未来派のファシストにせよ、ナチス・ドイツの詩人たちにせよ、かれらの方法論はそれでも「前衛」でありえた。では、萩原恭次郎にとっての、あの突出した前衛性とはなんだったのか。——そう考えるとき、詩集『断片』とそれに前後する一連の作品は、恭次郎が「前衛」から「自分」を恢復させてゆく過程を綴ったドキュメントとしても読めるのかもしれない。

　そしてもしこの過程を「転向」というのであれば、それを個人の責めに帰することができるだろうか。もしくは天皇制支配を乗り越えるだけの基盤が日本の前衛思想には脆弱だった、というべきなのだろうか。いや。

詩人の没後、『セルパン』一九三八年十二月号に掲載されたかれの最後の詩作品であり、転向の証左のように頻繁に取り上げられる「亜細亜に巨人あり」は、つぎのような一連で締めくくられる。

日本列島秋深く
紅葉と菊花盛り　塩の飛沫に濡れをれども
巨人は眦を決し鉾を握り民族の歩みを凝視む
山霧深きところ東洋の源に坐し
大御親神の心もて凝視めて立てるを見よや。

この四行のうちにも、「前衛」から「無言の運動」にいたる詩作の延長を感じてしまうのだが、それについて語るのはもうすこし慎重に、別の機会にゆずりたい。

＊

詩集『断片』以外の作品の多くについてふれる余裕がなくなりましたが、以上は本書を編むにあたって萩原恭次郎の著作をあらためて読み直し、その表現の片言に撲たれながら考えた断片のようなものです。本書の編集方針への賛否、あるいは個々の作品の解釈についてもまた読者のみなさんの自由に委ねたいとおもいます。
本書の製作と刊行と販売にあたってお力添えやご無理をお願いしたみなさまに、あらためて御礼を申し上げます。

二〇一九年十二月四日

下平尾直
(共和国)

補記

本稿校了後の二〇一九年十二月六日、まず群馬県前橋市内にある萩原恭次郎の墓参を終えたあと、前橋文学館および土屋文明記念文学館で開催中の「萩原恭次郎生誕120年記念展」にようやく駆けつけることができた。そして「何者も無し! 進むのみ!」と題された前橋文学館の展示(二〇一九年十一月二日~二〇二〇年一月二十六日)では、ご遺族から同館に寄贈されたという恭次郎の「遺書」を、今回はじめて実見した(小さな画像が、すでに一九九九年に土屋文明記念文学館で開催された「萩原恭次郎とその時代」展図録に掲載されていた)。

病床の詩人の布団の下から発見されたというその紙片に見入りながら、これがまさに「断片59」の続篇ともいうべき「勇敢なるかつ誠実なる戦ひの旗」であり、かれが最後まで「『断片』の詩人」であった、との思いを強くした。「何者も無し! 進むのみ!」展の図録より、以下にこの「遺書」を再録させていただくことをおゆるし願いたい。

妻と子供と　あとから生れて来る者達に
かたくたのむ。
お前達はどんな人間に対しても
人間は互に確実に、何かの推類によつても結び合はされねばならぬ
縄を示すことを必ず忘れないようにせよ
お前達は　どんな借物をつくることもこばんでゆけ、
第一等の有名な安心のできる台の上をこばめ
お前達はある　今までにやつたことのないやうなことにぶつかっても、暗いギワクに、
　または性質の上に　また計画の上に、または職業の上に、ぶつかりても
びくびくおびえずにのりこえてゆけ。

[二〇一九・十二・八]

目次

断片

自己への断片　詩文集

附録

Kyojiro HAGIWARA

萩原恭次郎

一八九九年、現在の前橋市日輪寺町に生まれ、一九三八年、同石倉町に没する。詩人、アナキスト。一九二三年、壺井繁治、岡本潤、川崎長太郎と雑誌『赤と黒』を創刊、前衛的な作品で文壇に衝撃を与える。アナキズム文学運動の中心的存在として活躍し、『文藝解放』『黒旗は進む』『学校』などに寄稿。一九三二年、個人誌『クロポトキンを中心とした芸術の研究』創刊。以後、次第に農本主義に傾いた。

生前の詩集に、『死刑宣告』(長隆舎書店、一九二五)、『断片』(本書所収。溪文社、一九三一)、翻訳に『アメリカプロレタリヤ詩集』(共訳、弾道社、一九三一)がある。没後、『萩原恭次郎詩集』(報国社、一九四〇)、『萩原恭次郎全詩集』(思潮社、一九六八)、『萩原恭次郎全集』(全三巻、静地社、一九八〇~八二)などが刊行された。

二〇一九年一二月二五日初版第一刷印刷
二〇二〇年一月一日初版第一刷発行

断片 1926-1932

著者……萩原《はぎわら》恭次郎《きょうじろう》
発行者……下平尾直
発行所……株式会社 共和国
東京都東久留米市本町三-九-一-五〇三 郵便番号二〇三-〇〇五三
電話・ファクシミリ〇四二-四二〇-九九九七
郵便振替〇〇一二〇-八-三六〇一九六
http://www.ed-republica.com

印刷……モリモト印刷
ブックデザイン……宗利淳一
DTP……岡本十三
入力……山本久美子

本書の内容およびデザイン等へのご意見やご感想は、以下のメールアドレスまでお願いいたします。naovalis@gmail.com

ISBN978-4-907986-67-4 C0092

既刊

（価格＝無駄税別）

［増補新版］抵抗者たち　反ナチス運動の記録
池田浩士
四六判並製三四四頁／二五〇〇円
978-4-907986-39-1

［新版］黙って野たれ死ぬな
船本洲治
四六判並製三七六頁／二八〇〇円
978-4-907986-46-9

三文オペラ
ベルトルト・ブレヒト／大岡　淳訳
菊変判上製二二四頁／二〇〇〇円
978-4-907986-49-0

いやな感じ
高見　順
菊変判並製四二四頁／二七〇〇円
978-4-907986-57-5